ENRYU ESSAY COLLECTION

川柳エッセイ集

道程

―ことばを紡いで二十年

林 さだき

新葉館出版

序文

林さだきさん『川柳エッセイ集　道程―ことばを紡いで二十年』ご上梓おめでとうございます。心からお祝いを申し上げます。この序文を書かせていただくに当って、製本前に熟読しましたが、川柳作品は言うに及ばず柳論・ボランティア活動に関する随想・ラジオ放送の対談などこれまでの活動の集大成は、心に響く大変読み応えのあるものでした。

私の記憶によると彼との初対面は、何年か前の、ホテルアウィーナ大阪での川柳塔本社句会でした。たまたま隣の席に見掛けたことのないお方がおられたので「どなた様ですか」と声を掛けました。どちらかと言えば知らない人に話しかけるのが苦手な私が、そうせずに居られないような、人を温かく包み込む雰囲気を持っておられたからです。

その後、彼からご自身の活動の様子が掲載された新聞のコピーなどを送って頂き、私の人を見る勘が当っていたことを、改めて認識した次第です。

聞けば川柳を始められたのは、膠原病を発症されたのがきっかけとのこと。この病気についての私の認識は「難病」という程度なので、パソコンで調べてみましたら、さまざまな辛い症状が現れるとありました。それを川柳やボランティア活動でねじ伏せておられるとは、何という強靭な精神力の持ち主なのでしょう。

大きく人生を変えた、といっても過言ではない膠原病について、さぞ恨み辛みが詠んである

だろうと捜してみましたが、

五種類の薬を飲んで調子いい
ちらちらと光が見えてきたカルテ
一病と仲良く拝む初日の出

と見事にプラス思考に捉えてあるのです。そして、ボランティア精神が骨の髄まで沁み込んでいる証しは〈僕の性自分のことは後にする〉の句で窺い知ることが出来ます。

また、介護現場での温かい眼差しは、

わがままもヘルパー聞いた顔でいる
毎日を何度抱き合うあなたの介護
折り紙に時間の早いデイの午後
なるほどと同じ話を聴いてやる

などにひしひしと感じられます。
労働組合活動を通した平和への希求の強さも、多くの作品に読み取られて感動します。

なお、私ごとですが「NHK通信講座」に大いに勉強させていただきました。著名な実力者の講師による作品添削は、彼の川柳指導者としての今日を築いたことは明白です。

去る三月十一日発生した、国難と言っても過言ではない東日本大震災の句は、強いインパクトで読む者の心に迫って来ます。

戦後活躍した六大家の一人である椙元紋太師は「川柳は人間である」という言葉を遺しています。これからも彼の温かい人間性そのものの句や、エッセイを紡ぎ出して下さることを期待して止みません。このままファイトを持ち続けて居られれば、さしもの膠原病も退散することと信じています。

二〇一一年四月吉日

川柳塔社理事長

西出　楓楽

道 程 ―ことばを紡いで二十年

川柳エッセイ集

道程

―ことばを紡いで二十年◎目　次

川柳エッセイ集

道程

——ことばを紡いで二十年

第一章 川柳作品（一）

かすや川柳会10周年と高杢ふさのさん句集出版を祝う会
（2006年12月16日）

くすの会花見句会
故森志げるさんたちと
福岡市中央区舞鶴公園にて
（1995年4月2日）

宝くじ買う行列は笑ってる
勝ちは勝ちまぐれも力ある証し
マジシャンの繰り出す札を使いたい
マニアにはブリキの象の秘話がある
妻の客わたしの居ない時に来る

合併に不満たらたら過疎のバス

おでこつけ熱をはかってくれた祖母

柳の芽何かいい事おこるかも

資本論セットいつかは読破する

絵に描いた宇宙の色がきまらない

片膝を立ててテレビの料理見る

新年を迎える窓は拭いてある

亡母想いホウレン草を茹でこぼす

とりあえず正直者の列にいる

ペットホテルに平成のお犬さま

お隣の奥さんと会う弁当屋

雲水の若い素足と京歩く

一病と仲良く拝む初日の出

食卓で凄いセリフを妻が吐く

去年まで走れた足がもつれます

父の遣いに訳は聞くなと叱られる
書くことのない日の日記夢を書く
金文字の招き急いで封を切る
何よりの優しさ知らぬ顔してくれる
ネクタイの曲がりを直す嬉しい日

乱暴な子には子なりの理屈あり

明日が見えるすごいルーペを持っている

凡エラー今日を出発点とする

免税店に止まったバスにひとり居る

愛犬も好き嫌いある散歩道

何回も落ち葉を掃いて地鎮祭

辞令一枚背広の反りがはっきりと

叱られる孫へ助けの出番待つ

匿名の電話で夫婦もめている

平成は「ごめんなさい」も死語となる

北欧の童話の国でおもちゃ買う

店先で子育ての知恵教えられ

ドーナツ化都心に残る一クラス

だんだんと噛み合ってきて夫婦です

図書館に行って宝を掘り当てる

平凡に暮らし七時のニュースみる

飽きるほど金魚すくいをしてみたい

塾の子の歌声はずむ雛祭り

ああ恋は手帳に略字多く書く

大仏を目に焼きつけて旅終る

新年の決意今年も同じこと

豆まきの鬼賞味期限をたしかめる

超音波覗くと動き出す胎児

地下足袋の父の愚痴聞く菜種梅雨

梅桜ああ情けない花粉症

免許更新先生像をチェックする
青竹の節をかぞえて三十年
式場もふたりで決めて愛楽し
青春の下宿は消えて駐車場
爪を切る「時代おくれ」を聞きながら

のりしろが減ってきたから許します

血圧がやめろやめろというメニュー

孫はまた大きな靴にはきかえる

わぁすごい妻が放った褒め言葉

高いビルまるで地球のイボみたい

カフェテラス若者の声姦しい
勢いで勘定全部払うはめ

そこそこに楽しく生きてゆく余生
子の怒り素直な気持ち聞いてみる
目薬をさして明日の風を読む

ひとり旅まなざし変わる時間もつ
約束を手帳に詰めて若返る
日当はないがいい汗だと思う
地下街で酸欠になる山育ち
あんぱんが好きな男でお人好し

先読みをしてはストレス抱え込む

隣の娘バイク迎えに来る歳に

もう飽きた大河ドラマの出世主義

生き方の違いそのまま共白髪

妻の愚痴またその話聞き飽きた

短夜のうつつの中に亡母と逢う

花の名を覚えきれない春が来る

度が過ぎるＮＨＫの予告編

約款の細かい文字を読み忘れ

生き残るため一粒の嘘をのむ

一生涯眼鏡は僕のパートナー
折り返し点から空が澄んでいる
諦めぬ影がのんびりついてくる
折り合うて平行線のまま老いる
ひとランク下げて自信をとり戻す

鉛筆が尖ったままの締切日

鉛筆を転がしてみる子の行く手

人生に選びそこねた分岐点

約束がいくつも迫る趣味多芸

定年が迫る助走を急がねば

僕の性自分のことは後にする

見る聞く歩くいっぱいあってまだ死ねぬ

お小言がも少し減ればいい女房

相槌で探る相手の腹の中

旅立ちの磁石はいつも上機嫌

原色を避けて気楽に生きている

真っ直ぐに歩けばきっとくるチャンス

お荷物になりたくはないストレッチ

トンネルを抜け本物の空を見る

託されてばかり善人かも知れぬ

友だちと遊んだ野山消えている
懐かしい京の下宿の股火鉢
ジョーカーを引いて周りが見えてくる
仲直り記念切手を貼っておく
終章はひとりの飯を炊くことに

棘を抜く鬼を信じて掌を見せる

人に勝つ知恵を絞って不眠症

毎日のストレス吸っている枕

友だちで居ようふたりのルールです

前向きの男の罪は咎めない

すみません玉虫色の自画像で

下積みの汗に最後のチャンス来る

逃げてゆくラストチャンスの尾を掴む

測量の棒が遊び場消してゆく

血気盛りの父の逸話を通夜で聞く

大吉は神のジョークに違いない

善人が踏んでいたのは夜叉の足

人間の飾りを落とす獄中記

海女の呼吸ぴたり合わせる命綱

渋い妻今朝もチラシと睨めっこ

デジタルにだんだん不感症になる
なるほどと同じ話を聴いてやる
あの人と距離を縮めた軽い洒落
ニアミスの機内ふるえが止まらない
回復の兆し目線を高くする

旅の鞄に詰めていくのは時間だけ

シナリオは妻にまかせて撮るビデオ

うかうかとただ酒飲んだツケがくる

バナちゃんの因縁語り客を引く

真っ直ぐに生きる相手に隙がない

この涙きっとこやしにして生きる
一瞬を神に預けて生きている
米を研ぐ男の自立貫いて
出刃を研ぎ鮟鱇の肝鷲掴み
里山が好きで本籍置いたまま

体操のリズムで明ける老いふたり

鑑定の安値に家宝持て余し

コンソメの一口で知る星の数

もう少しあると思った還付金

絵手紙のチューリップから友の歌

アルバムにきらきらしてた頃の僕
長老を上座に飾るはかりごと
血の通う話なるほど苦労人
明日の絵のバックに白い鳩を描く
ファンファーレ鳩も演出心得る

輪の外に出るとたっぷりあるチャンス

背広脱ぐ日からエプロン渡される

バージンロードバランス崩すお父さん

イベリアの由来をたどるパスポート
地球儀のウォーキングいまどの辺り
ドア故障機中泊かと覚悟する
ひまわりのソフィア・ローレン出迎える
紺碧の空イスラムの神が呼ぶ

ＮＨＫ学園南欧短歌紀行にて
（川柳1996・6・4～6・13）

フラメンコリズム迫力ここ本場

六千歩アルハンブラのウォーキング

グラナダの夜明け国際電話する

アルハンブラ街をいろどる花石榴

ロルカの地ここも保革の選挙戦

ゴヤの裸婦顔とりかえた謎を問う
ロカ岬地平の果てを追う女
EUに携帯電話鳴り響く
道連れに歌の楽しさ学ぶ旅
ツーショットアンダルシアの夜だから

人生の哀歓深しフラメンコ

グラナダの駄菓子屋の子とガムを噛む

シェリー酒が若者の歌夜を溶かす

プラド美術館名画ツアーの駆け足で

無事成田ドイツ機長の〝サヨウナラ〟

第二章　NHK通信講座（川柳コース）を受講して

NHK学園全国川柳大会の表彰式
全日本川柳協会会長賞を受賞
（くにたち市民芸術小ホールにて）

東京都国立市のくにたち市民芸術小ホール正面玄関前にて

《注》私は、一九九四年度から二〇〇九年度の十数年間に、延十一回程ＮＨＫ学園の通信講座（川柳コース）を受講しました。そのコース名等は、「はじめての川柳」「川柳入門」「川柳実作」「川柳倶楽部」及び「柳壇」です。

その内容は「私の作品（原句）」「作後感」と充実した専任講師陣の「句評と添削」及び「添削句（◎印）」です。

この「添削実習」がどれほど私の川柳上達を促し、励まし、勇気づけたことでしょう。

今改めて、もう少し丁寧にしっかり読んでおけばよかったのに、と反省しています。

そこで、原句と作後感そして専任講師の「句評と添削」及び添削句を要点を小見出しにして一一〇句余を掲載することにしました。

◇原因と結果を連ねた説明句・報告句

原句　マンションが立ち次々に景色消す　「景色」

作後感　緑が多く、見晴らしも良かった住宅地にも、マンションラッシュが押し寄せてきてすっかり眺望が悪くなりました。こんなにマンションが建って、住む人が入ってくるんだろうか。二、三十年後はどうなっているのだろうと、不安になります。

講師句評・添削　面白い所を捉えているのですが、マンションが次々建てられて景色が見えなくなったと、そのままを詠んでいるので惜しい。折角の見付けが報告になっただけ…。

◎マンションに次々景色奪われる　（西田柳宏子）

原句　がら空きの指定席では落ち着かず　「雑詠」

作後感　奮発して指定券を買ってみたら、自由席も指定席もがら空きでした。指定席でがら空きだと、何故か落ち着きませんでした。これも〝主体性のない〟自分の投射した気持だったのでしょうか。

講師句評・添削 これもそのままの報告句と言うか、「ああそうですね」と言えばそれまでという句。何かそこに詠む人が出ていてほしいと思います。中々面白い所を見付け皮肉な句になっているのですが、惜しいと思います。

◎指定席奮発したらガラガラで　（西田柳宏子）

◇ひとりよがりの句

原句　生真面目に生きた証を貰ういま　「雑詠」

作後感 最近、仕事や人とのつき合いなどで、手を抜かずこつこつ積み重ねてきたことが実ってよかったなと思う時がある。

講師句評・添削　声を出して読んでから「いま」が何かわかりましたが、それがないと「いま」が何かわかりません。第三者にもわかるようになるといいですね。

（浦　眞）

原句　デパートの河童ひたすら媚を売る　「雑詠」

作後感　デパートの地下入口に河童（鉄製）が水を浴び、客引きに一役買っている。何となく哀しみを帯びているようで可哀想にも見える。お役目ご苦労様です。句意が読む人に伝わってくるでしょうか。

講師句評・添削　作後感を読めば句意は伝わってきますが原句を読んだだけでは十分に伝わってきません。理由は「デパートの河童」にあります。地元では有名なのでしょうが他の地方の人は知らないからです。直近に全国的に話題になったのであれば結構なのですが。句はまとまっていて添削する必要はありません。

（津田　暹）

原句　哀しみをます乱調のオルゴール　「**雑詠**」

作後感　昔よく聴いていたオルゴール。少しこわれかかって調子が狂うところがある。それがかえってメロディを哀しくしている。人生にもこれに似たところがあると思いながら聴いた。

講師句評・添削　この句も分かりにくいですネ。人様が読んでも分かる句をめざしましょう。目のつけ所は、とてもよかったのに一寸残念です。しっかり推敲しましょう。

◎哀しいね壊れかかったオルゴール　（山田　圭都）

原句　朝の陽がおとこの嘘を照らしだす　「**雑詠**」

作後感　とくに、対女性ということではないが、朝の陽が真を示す句意を表現したかった。

講師句評・添削　どのような情況を詠んでいらっしゃるのかがちょっとわかりかねるのですが「朝の陽がおとこの嘘をさらけ出す」でいかがですか、下五だけ変えてみました。　（岩田　明子）

◇わかり易く共感度が高い

原句 イチローは見えない努力積み重ね　「とことん」

作後感 イチローの快挙。それは打つことが好きでたまらない彼の素質と何よりも、とことん努力するその積み重ねでしょうか。

講師句評・添削 イチローの姿は常に努力を重ねていることでしょう。この句は安定しています。この調子で次々と句を重ねていって下さい。（佐藤　岳俊）

原句 同居して終のすみかにした誤算　「雑詠」

作後感 息子夫婦と同居できる二世帯住宅を折半で建てた友達の話を聞いて…。例の嫁姑のおさまりが悪くこじれてきて嘆いています。

講師句評・添削　いい句になりました。着想、リズムともに言うことなしの無添削句です。「した誤算」という下五で気持ちがしっかり伝わってきます。「すみか」は「住処」と漢字にした方がいいように思いますが…。

（鈴木　咲子）

原句　ルーキーの抱負なかなかハイレベル　「なかなか」

講師句評・添削　物怖じしない現代っ子の一面をうまく捉えました。添削は不要です。

（荻原美和子）

原句　劇中の引き立て役が憎からず　「雑詠」

作後感　テレビドラマを見ていて、脇役ながらさりげなく個性的に、それもまるで私と同じように演じている人が好きだ。

講師句評・添削　今回の三句の中で、いわゆる普通の句という点でこれが一番良くできていると思います。つまりこの句を読んだ読者に「そうだよねぇ、そう言われればたしかにそういうことってあるよねぇ」と思わせるところがあるからです。下五の部分を「僕に似る」とすると共感性はいっそう強くなるでしょう。「劇中の」は省く手もあります。

◎人生を引き立て役に徹し切り

（大木　俊秀）

◇プラス志向で前向きの明るい句を

原句　年毎に賭ける持ち札減っていく　「雑詠」

作後感　元気な時、若い時には、あれもしようこれもしようと可能性がいろいろあったような気がするが、近頃は一つ二つのことにコツコツととりくむ自分をみつめることが多い。

講師句評・添削　六十二歳とまだ若い貞樹さんです。「減っていく」で終ってしまっては残念という気がします。

◎年毎に持ち札減ってゆく焦り

（鈴木　咲子）

原句　生きること楽しくなってきた老後　「雑詠」

作後感　退職して四年、今年は町内会長の役が回ってきた。ボランティア、川柳、文章教室など好きなことをして忙しくなるばかり…。

講師句評・添削　いい句ですね。読む方も明るい気分になります。老いに悲しんだり、暗くなったりせず皆この心境になりたいものです。いつまでも川柳を続けて下さい。（江口　信子）

原句　団塊の世代パンジー咲かせよう　「咲く」

作後感　いよいよ昭和二十二年生まれ以降の団塊の世代が定年を迎える。定年後もパンジーのように群れていろいろな色の花を咲かせてほしい。

講師句評・添削　夢のある句ですね。パンジーのようにとは言い得ています。定年後もこの

句のように楽しくなってくる老後にしたいものです。（江口　信子）

原句　メンバーを信じて明日を走り抜け　「メンバー」

作後感　働いている頃、同僚たちを疑うことなく、自分の信じることを話し、提起して生きてきた。その覇気を懐かしく思い出して…。

講師句評・添削　懸命に生き抜いてこられたからこそ、詠める句ですね。こういう前向きの句こそ発想には大切と思います。下五の「走り抜け」が効いています。添削不要。（竹田　光柳）

原句　生き方の違いそのまま共白髪　「雑詠」

作後感　二人とも職退いて第二の人生を歩み始めた私たち夫婦。埋まりそうで埋まらない夫婦の溝を小さくする努力を続けています。互いに真面目で一生懸命になるから溝も埋まりにくいのでしょうか。

講師句評・添削　夫婦と言えども生き方の違いは当然で、努力もせず不満ばかりの私にとってはすばらしいご夫婦に思えます。「違いそのまま」よりも「違いはあっても…」という気持ちで伝えた方が仲の良さも入ると思います。

◎生き方の違いはあるが共白髪　（鈴木　咲子）

原句　わたしにも連れ添う人の居る温さ　「雑詠」

作後感　最近、私たち夫婦にも穏やかな時が続くようになってきた気がする。その温さをかみしめている。

講師句評・添削　とっても温かみのある句に仕上がりました。貞樹さんの人柄が見えてくる佳句です。添削不要です。　（川俣　秀夫）

原句　老いだって悩みもあれば夢もある　「雑詠」

作後感　老いがすすめば失っていくものも多いけれど、元気ならあれもしたい、これもしたいと夢もふくらむばかり…。

講師句評・添削　この作品は〝夢もふくらむばかり〟を表現したかったのではないでしょうか。そうすると「悩み」を盛り込む作後感とはちょっとニュアンスが違った内容になってしまいます。作品は悩みと夢が平等に扱われていますので、夢に重心を移動させましょう。

◎悩みより夢ふくらます老いとする　（島田　駱舟）

◆動く句

原句　あの人と和解できずに夏が来る　「雑詠」

作後感　長くつき合ってきた年上の人とある出来事を契機にこだわりができてしまった。和解すべきと思いつつ、許せない気持ちを持ち続けているうちに…。

講師句評・添削　下五「夏が来る」と句はよくまとまってはいますが、この場合「春」「夏」「秋」「冬」でも句になる弱さがあります。「風の中」でこだわりの様子が詠えます。

◎あの人と和解出来ずに風の中　（松岡　葉路）

原句　薬局の世間話によけい買う　「薬」

作後感　車社会になってドラッグストアに頼りがちですが、街の薬局のおじさんが懐かしい。漫談調で薬のことは勿論、街の話題に花が咲く。つい、歯磨きや目薬を一つ二つ追加する。「世間話」が〝動く〟にならない？

講師句評・添削　「薬」という課題で作っていただいたので、この句は薬局でいいのですが、問題は「薬局の」という五音は「スーパーの」「コンビニの」「魚屋の」等々五音ならなんでもよく、いわゆる動く句になります。世間話をしているうちについ余分な物まで買ってしまうことはよくあります。世間話がこの句のポイントで動きませんから、上五には動かないものを持ってこなくてはなりません。「スーパー」位がいいかもしれまんせがもう一度考えて下さい。　（中田たつお）

◇見付けの句

原句　招かざる核の空母が来る港　「港」

作後感　親善、休養と称して、核を搭載しているらしい空母が次々に入港してくる佐世保や博多港。国民の〝核アレルギー〟を薄めるためか?

講師句評・添削　かつて入港のたびに大きなデモもあり、シュプレヒコールが叫ばれたのも何か遠い出来事になってしまったナァと感じてしまいました。核の認識も変わってしまったのでしょうかね。添削不要。

（竹田　光柳）

原句　折り合うて平行線のまま老いる

講師句評・添削　添削不要。平行線は味のある表現です。

（竹本瓢太郎）

原句　門前の老舗のんびり客を待つ　「老舗」

講師句評・添削　添削不要です。　（堀江　加代）

原句　ちらちらと光が見えてきたカルテ　「ちらちら」

講師句評・添削　このままで結構です。　（堀江　加代）

原句　青春の下宿は消えて駐車場　「雑詠」

講師句評・添削　悲しい現実でしたね。　（堀江　加代）

原句　ハイウェー伸びる樹海を真っ二つ　「伸びる」

作後感　ハイウェーが森を割って削っていくさまを詠んだのですが、写生句に過ぎないのでしょうか。

講師句評・添削　そのようなことはありません。なぜか、それは客観的に描写に徹しながら自然破壊を批判する内容になっているからです。「ハイウェー伸びる」で一度切って「樹海を真っ二つ」と力強く言い切る――この切れ味の良さを高く評価したいと私は思います。私のお手本句に「渋滞の先頭にいる耕うん機」（中根四阿氏の作品）があります。写生句ですがこのユーモアの味が見事ですね。

（大木　俊秀）

原句　朝の米罪ほろぼしに研いでいる　「雑詠」

作後感　夫婦とも家に居ることが多くなり、一病を持つ私への家事分担が定まっていない。それがトラブルの種に。

講師句評・添削　中七の罪ほろぼしがいいですね。御主人が朝の米を研いで下さることで奥様は言葉に出さなくてもきっと感謝していることでしょう。句はこのままで十分です。出来ることをしてこれからも奥様を喜ばせて下さい。
（齊藤由紀子）

◇ドラマを感じさせる句

原句　ひもじさにマンガを食べた日も遥か　「ひもじい」

作後感　終戦後の食糧難に少年期を過ごし、ひもじさを体験した。「のらくろ」や偉人伝などを読みあさって、ひもじさを忘れた。

講師句評・添削　誇張した言い回しが面白い。「のらくろ」をはっきり一句に盛り込んで、たとえば「のらくろのマンガに偲ぶ遠い飢え」
（浜口　剛史）

原句　追いつけぬ歩幅に妻が振り返る　「雑詠」

作後感　体調がよくない私は、妻と一緒に歩く機会が少し減った。病人扱いして欲しくないし、妻の前での意地もある複雑な心境だ。だから振り返って妻がどうしたか想像に任せる。

講師句評・添削　夫婦間の微妙な世界をさりげない日常の動きの中で、絶妙に描き出されています。作後感にある「複雑な心境」を素材にした続きも拝見したいところですね。添削不要。

（竹田　光柳）

原句　降る星と守り続けている棚田　「星」

作後感　棚田のある自然は、澄み切った空の下で守り続けられているに違いない。

講師句評・添削　「降る星」で人家の少ない山里の風景が連想され、星の輝き迄伝わります。美しい自然と農家の汗で棚田が守られていると信じられる作品です。添削は不要。

（荻原美和子）

原句　熱きものこみ上げてくる兵の遺書　「雑詠」

作後感　いまBS（NHK）で戦争証言シリーズが放映されているが、それを視聴しながら悲惨さ、憎しみ、悲しみなど…。

講師句評・添削　先日のテレビも当然のことですが「きけわだつみの声」も若者にとって必読の書ですね。繁栄の背景をしっかり握っていくことが歴史を学ぶことですから。下五の仕立てがぐっと迫ります。

◎わだつみの声が胸裂く兵の遺書　（竹田　光柳）

◇出来るだけ平易にさらっと流す表現を

原句　水不足台風が待遠しいよ　「台風」

作後感　五七五音となっているでしょうか。十二時間断水に入り、台風でもきて不便さを解消してくれないでしょうか。「待遠しい」が無責任に聞こえない程、水不足は深刻です。

講師句評・添削 なかなか苦心されたようですね。これでもいいですが「待遠しいよ」をもう少し工夫すればいい川柳になろうかと思います。気楽にさらっと「**水不足台風の雨待ちわびる**」でいかがでしょうか。（小林由多香）

原句 喧しい母の言葉が子に感染る 「やかましい」

作後感 小言が多かった母、あんなにはなるまいと思っていた私。でも自分が親になって母をまねて叱っている私。母も笑っていることでしょう。

講師句評・添削 面白い所に目をつけられましたネ。林さんの場合ご自身が親になって子供に叱るときを取り上げておられますが、この句の場合、子供が口喧ましい母親の叱言をそのまま真似をする、という風にもとれます。寧ろその方が面白いのでは…。（西田柳宏子）

原句　偶然の傘さしかけてからの仲　「傘」

作後感　バスを降りたとたんに降り出した雨の日、いつも同じバスで出会う人に傘に入れてもらい…。あの雨の日がなかったらふたりの仲は始まっていないかもしれない。

講師句評・添削　「偶然の」と意味深くするとかえって作品をむずかしくするので、ここは普通に「俄雨」とされた方がよい。手垢がついていても仲間うちでは平凡の方が親しみが湧く。

（去來川巨城）

原句　世の中にさまざまな人居ておでん　「雑詠」

作後感　鍋の中にいろいろな種が入っていて、誰にでも好かれるおでんは、世の中の人の多様性に似ていると思いました。

講師句評・添削　おでんの種と人間の多様性に似ている点を見付けた着想は面白いが、一読して分かりにくい句ですね。下五の止め方も気になりました。

◎ごった煮の鍋に個性が見え隠れ　（荻原美和子）

原句　車椅子背中に痛い好奇の眼　「雑詠」

作後感　障害をもった人たちの社会進出はめざましいが、まだまだ差別感が残っている。街で出会った時はまともに向わず、すれ違った後で振り返る人がいた。自戒の意味もこめて…。警句と川柳の見極めができているでしょうか。

講師句評・添削　車椅子の出来る前は障害者の方は世間の目を感じてあまり外出をされませんでしたが、車椅子が出来ている現在は堂々と外出もなさっていらっしゃいます。下の句好奇の眼は強すぎます。眼を感じ位にしましょう。

◎車椅子背中に痛い眼を感じ　（石田　寿子）

原句　暁に新しい視野手にいれる　「雑詠」

作後感　夜明けとともに、少し考えが新しくなりそうで、その気持ちを句にした。抽象的すぎたかも知れない。

講師句評・添削　おっしゃる通り抽象的です。この句もやはり表現が固いので、せっかくの貞樹さんの良い発想が生きていないようです。「新しい視野が夜明けに訪れる」ぐらいでどうでしょうか。（岩田　明子）

原句　宿命の二人生涯駒に賭け　「ライバル」

作後感　NHKテレビプロフェッショナル「宿命の対決―森内＝羽生の名人戦」を視聴して、〝ライバル〟三句を作った。

講師句評・添削　〝宿命の二人〟は他にも居ますので、森内と羽生の固有名詞を入れたほうが良いでしょう。「森内と羽生」とすると「駒」はなくとも読者には将棋と分かるでしょう。もっとも将棋に全く無関心な人は論外です。

◎森内と羽生の戦が果てしない　（島田　駱舟）

原句　ライバルが凌ぎ合う僕庇うとは　「ライバル」

作後感　ライバルを倒そうと自己を磨く中で、それが厳しいものであればあるほど、相手への思いやり、心遣いも深まる、と言う。

講師句評・添削　貞樹さんが表現されたかったのは作後感の最後ではなかったでしょうか？　厳しく自分を磨くと人間が出来てくる、という内容に私は解釈しました。原句はやや分かりにくいので「**ライバルへ自分を磨き持つゆとり**」くらいではどうでしょうか。　（島田　駱舟）

◈表現が固い、強すぎる——言葉の選び方

原句　神前で願い多くてふと止める　「祈る」

作後感　自ら進んで神前に立つことはありませんが、連れに誘われて、お詣りすると、何をお願いしようかと迷います。家内安全、健康、健吟、子どもの成長…いろいろあって、ふと考えます。

講師句評・添削　「神前の願いお札をそっと出し」と控え目に余韻を持たせるとよい句になります。「止める」と結んでは淋しいです。　（大森風来子）

原句　大賞の恩師の姿若いまま　「雑詠」

作後感　高校時代（昭和三十五年卒）の恩師が〝北九州市自分史文学大賞〟を受賞され、祝吟として作句しました。「若いまま」に卒業してごぶさたしていることと、今の恩師の若々しさという二つの意味をもたせました。

講師句評・添削　良。次の言いまわしもできます。

◎大賞の恩師の笑顔（姿）老いもせず　（浜口　剛史）

原句　病む友が教えてくれた道標　「雑詠」

作後感　瞼の手術のために入院していた柳友が、自作への批評を電話で求めてきた。二、三日前に手術して隻眼のはずなのにベッドで作句していた。そのひたむきさに教えられた。

講師句評・添削　私もそうですが、入院しましても川柳の仕事をしておりました。あまり無理は言えませんが、意欲は見習いましょう。

◎病む友が教えてくれた作句欲　（松岡　葉路）

原句　日曜を待つよろこびが懐かしい　「日曜日」

作後感　定年後、日曜日の楽しみがとても薄くなった生活を強く感じる。しかし類想の域を出ていないかもしれない。

講師句評・添削　現役時代の日曜日の思い出です。それをはっきりするためには「現役」として下さい。

◎現役の頃の日曜懐かしい　（松岡　葉路）

原句　**腹の一物吐いてすっきりした気分**　「すっきり」

作後感　以前から先輩のおせっかい焼きに、腹の立つことが多かったので、我慢を重ねてきたことを、彼に告げてすっきりした気分になった。

講師句評・添削　「腹の一物」は分かりますが、お互いの誤解もあるとは思いますので、ここは「誤解」として下さい。

◎腹の虫吐いてすっきり誤解とく　（松岡　葉路）

原句　またしても首相の首が転がって　「でたらめ」

作後感　国民のわけのわからないうちに、首相が辞任するなんて、でたらめとしか言いようがない。下五の「転がって」が、適切かどうか迷う。

講師句評・添削　課題を詠み込まず、上手く作句されました。「首」が二字続きますので◎またしても総理(キャップ)の首が転がってはどうでしょうか。結びの「転がって」も悪くないですね。句に余韻余情が生まれていいですよ。

（加藤友三郎）

原句　五種類の薬を呑んで調子いい　「雑詠」

作後感　ステロイド治療で難病を抑え、副作用も止め、血流をサラサラに、と薬に頼るが、至って健やか。毎日有酸素運動や散歩を欠かさず、快食快便で調子いい。いつまで続くか？

講師句評・添削　自分の健康を自分で管理することの大切さを味わっていますね。大切な方向です。この種の句を多く作って下さい。

◎五種類の薬を呑んでとりもどす　（佐藤　岳俊）

原句　負けまいと愚かな肩を怒らせて　「つまらない」

作後感　見栄や欲から心にもないことを言ったり行ったりして、あとで悔いる。気がつけばつまらないものにこだわっている。

講師句評・添削　人間社会の一面は心にもないことを言って放言とすることですね。

◎負けまいと愚かな言葉風に乗る　（佐藤　岳俊）

原句　好きな道歩いた誇り自分史に　「歩く」

作後感　出世もお金儲けもしなかったが、楽しく市民に喜んでもらえる仕事を少しはできた地方公務員の道。十年前に自分史も出版した。仕事が好きだったから間違わずに歩き続けられたように思う。「好きな道」がわかっていただけるかどうか。

講師句評・添削　「仕事が好きだった」ということすばらしいですね。おっしゃる通り「好きな道」という表現だけではわかりにくいと思います。「ひたすらに歩いた誇り自分史に」としたらどうでしょうか。「ひたすらに」で「お仕事」ということは充分に察することができます。（中田たつお）

原句　**死の床の母が待ってるレモン切る**　「雑詠」

作後感　七回忌を終っているのに母の残像が濃くなる時がある。最期近くに枕元で姉がレモンを口に運んでやると少し笑顔を見せた母。

講師句評・添削　親というのは子供が何歳になっても、まして母親は懐かしく思い出されます。上の句病床の母となさってもよろしいでしょう。

◎死の床の母へレモンを薄く切る　（石田　寿子）

原句　満員車まだ乗せる気かドアが開く　「乗る」

講師句評・添削　下五が気になります。〝ドア〟を閉めないのでは、

◎満員車まだ乗せる気かドア閉めず　（竹本瓢太郎）

原句　何言われても寡黙を武器に世を渡る　「雑詠」

作後感　幼い頃の内気の名残り（?・）なのか、人の輪の中で専ら聞き役に回ることの多い自分を詠みました。

講師句評・添削　「何言われても」が上七音になっていますのでリズムがよくありません。全体に表現も固いので「聞き役にまわって無事に世を渡る」とされたらどうでしょうか。句姿もやさしくなります。　（岩田　明子）

原句　死後はみな捨てられるのか本の山　「雑詠」

作後感　小さな書棚に両壁いっぱい本棚を並べてなお、古書探しに出かけているが、私の死後、この本はどうなるか。

講師句評・添削　このように思われている方は多いのでしょうね。上五表現がストレートであり、この言葉は読み手に感じ取ってもらった方が良いでしょう。

◎本棚の本を心配する老後

（川俣　秀夫）

原句　諦めない君との勝負力湧く

「ライバル」

作後感　森内永世名人は、羽生名人の勝負への執着心に舌を巻く。羽生名人との戦いの苦悩と喜びで成長した。

講師句評・添削　もし、一般論ではなく、森内・羽生というライバルに特定する内容であれば「君」は「羽生」としたいですね。具体的にすることで読者に作品が受け入れやすくなります。

また「諦めない」という口語を五音の文語体「諦めぬ」とするとリズムが良くなります。否定形の場合は文語体は許容されます。

◎諦めぬ羽生の一手へ沸く力　（島田　駱舟）

◇気持ちや感動を句に盛りましょう

原句　軍事基地どこにも見えず耳塞ぐ　「雑詠」

作後感　四月下旬、初めて沖縄を旅行しました。観光バスだったからでしょうか、基地の影は見当たりませんでした。そう思っていた瞬間、F-15イーグルが轟音をひびかせて飛来しました。

講師句評・添削　句の構成が弱い感じがします。表現力によって思いを強調したいものです。実感句は生きます。下五をしっかりと。「軍事基地見えず爆音耳をつく」としました。句の中に生きることばを考えて下さい。もうひと息。　（森中惠美子）

原句　みかん食べ娘の話聴いてみる　「雑詠」

作後感　何かと言えば口答えする年頃の娘に手を焼き、ゆったりした気分で彼女の心の声を聴いてみようと、食後みかんの皮をむきながら何気なく会話をした。

講師句評・添削　素直に詠んでいますが、もう一寸あなたの気持ちを句に盛って欲しい気がします。例えば話の内容とか、その話とみかんとの結び付きなど句に匂わせれば活きた句になると思います。一つの例ですが「娘の夢にみかん甘さを増してくる」とかのように。

（鈴木　国松）

原句　病室へ光が活を入れにくる　「雑詠」

作後感　以前に二、三ヶ月入院した時、四人部屋に入ると、新米患者の私は廊下側で窓際のお二人を羨ましく思いました。朝、窓からの光を浴びれば、早く元気づくような気がしたのを覚えています。

講師句評・添削　私も何度か入院しましたが、同じように窓側のベッドに憧れたことがありました。確かに朝の光は辛い入院生活を癒すもののように感じられましたね。「活を入れ」に貞樹さんの思いが表現され、リズム感もあり内容も明快に伝わって来ます。このコースではこのままで合格ですが、作句の基本ができた貞樹さんには添え書きの「朝」を入れて情景をよりはっきりさせて欲しいですね。

◎病室へ朝の光が活を入れ　（島田　駱舟）

原句　母乳やる娘はつつましく障子締め　**「雑詠」**

講師句評・添削　着想もよく作者の感動が読み手にも伝わります。下五を「閉め」とすればこのままで結構です。　（荻原美和子）

◇言葉の並び替えと選択で句調を整える

原句　窓際で抱いた反骨さわぎ出す　「**抱く**」

作後感　職場で本流を歩かなかった自分のありようを客観化してみたのですが、かっこう良すぎるでしょうか。抽象的でしょうか。

講師句評・添削

◎窓際でまだ反骨を抱いている　（吉岡　龍城）

原句　出しては入れて旅の鞄をたしかめる　「**雑詠**」

作後感　海外ツアーの出発を二、三日後にひかえてトランクの中味を確める楽しさと不安（?・）…。

講師句評・添削　「旅の鞄」でも海外ツアーの鞄なら注意の上に注意を加えるのが当然のことで

しょう。ことばにも順序があり「出しては入れて」でなく「入れては出して」とした方が順というもの。従って「入れて出しハワイの旅へたしかめる」と書いてみてはいかが。（去來川巨城）

原句　飾り気なしの薄化粧よく似合う　「似合う」

作後感　近頃、高齢期に入ってかえって女性とのおつき合いが増えているけれど、薄化粧のひとに好感がもてる。

講師句評・添削　十七音字の約束に合っていますが、上五と中七を入れかえてみることでリズムは保てます。下五を余情にと思い連用止めにしてみました。

◎薄化粧飾り気なくてよく似合い　（竹田　光柳）

原句　今が幸ニュース見ながらストレッチ　「ニュース」

作後感　テレビは、見たい番組だけを見る。ニュースはなるべく見る。この二つが私のテレビ観です。そしてその時は、簡単なストレッチ。

講師句評・添削　この句も原句でＯＫ、合格です。

◎しあわせはニュース見ながらストレッチ

とされてもよかったですね。

（加藤友三郎）

原句　**たっぷりとパンにジャム塗る日曜日**　「たっぷり」

作後感　退職して一年半になり、出勤前の慌しい朝食が懐かしい。忙しい毎日の中で日曜日の朝のくつろぎは格別のものだった。その時の気持ちを句にしましたが、いま一つインパクトが弱い気もします。

講師句評・添削　ゆったりとした日曜の朝の光景がよく表れています。たっぷりと塗るのはジャムですから「パンにジャムたっぷり塗った日曜日」とした方がなめらかな句になりますね。回想の句は、やはりインパクトが弱いようです。川柳は「今」を詠みたいものですね。

（中田たつお）

原句　すぐと聞き駅から遠く急ぎ足　「駅」

作後感　所用で初めて訪れる土地で出会った人は、「…すぐ見えてきます。」というその家がなかなか見えてこない。駅からけっこう距離がある。汗をかきながらつい急ぎ足になった。

講師句評・添削　以前に田舎道で道を尋ねましたら、すぐそこと教えられたのにずい分歩いた経験がありますが、土地を売る広告も駅まですぐそこと書かれ思わぬ失敗をすることがあります。この句のポイントは駅までの距離ですから

◎案内のすぐという駅距離がある

下の句「距離がある」としましょう。　（石田　寿子）

原句　枯落葉ひらひら詩情抱きながら　「枯葉」

作後感　枯葉へ自分の思いを入れるとすれば少し抽象的すぎるでしょうか。

講師句評・添削 おっしゃる通り少し抽象的です。愛の囁き、哀切などをほうふつとさせるシャンソンなどを持ってくると句に広がりも出ます。上五の語はポイントなので下五に置いたほうが意外性も出ますね。

◎シャンソンの詩情を抱く枯落葉 （竹田 光柳）

原句 競っては傷ばっかりの力士たち **「競う」**

講師句評・添削

◎勝つための傷の絶えない力士たち （岩田 明子）

原句 老舗《みせ》たたむ妻の介護を決意する

講師句評・添削 「老舗」は「みせ」とは読みません。

◎店たたみ妻の介護を決意する （浜口 剛史）

原句

紅孔雀ラジオに躍る少年期

講師句評・添削

◎紅孔雀ラジオに酔った少年期

（浜口　剛史）

原句

変声期この子そろそろ反旗ふる

講師句評・添削

◎反旗振るこの子そろそろ変声期

（浜口　剛史）

原句

あの裏ばなし胸に仕舞ってお墓まで

講師句評・添削

◎真相は胸にしまってお墓まで

（北野　邦生）

◇助詞の使い分けと必要性

原句 転んでも泣かない子ども増えていく　「転ぶ」

作後感　少年が利用する公共施設で働いているのですが、夏休み中の子どもたちの表情が活き活きしていること！　しかし学校が始まると無表情になっていく子も多い。子どもが転んでも泣かずに、喜怒哀楽を出せない程になってはしないかと心配しています。

講師句評・添削　事実を事実としてそのまま五七五で提示した強い句だと思います。添削の必要はありませんが、これを原句にいろいろとヴァリエイションを展開できるのではないでしょうか。ぐっとくだけた表現で「ころんだら泣く子がやはりかわいいね」「ころんでも泣かぬ子どもをほめてやる」等々。こまかいことでどうでもよいことなのですが、中七のところはやはり「が」という助詞があった方が構成上しっかりしますので「泣かぬ子どもが」とされた方がいいと私は思いました。

（大木　俊秀）

原句　台風一過メニューを旬の彩にする　「メニュー」

作後感　今年は二度も台風に見舞われ、ようやく秋を迎えた。果物、野菜も旬になりそれらを食材にしたメニューを味わいたい。

講師句評・添削　「台風一過」と「旬の彩」の対応が見事です。台風一過の明るい気分を出すには「メニューも」としてはどうでしょうか。その方が意味が強まるのではありませんか。

（吉岡　茂緒）

◇ものをよく観る心の目を

原句　汚れ役私も一度やりたいな　「雑詠」

作後感　真面目で小心な人生の中で、芝居ででもいいから、悪役をやってみたい。そうしたらもっと別の自分を発見できるかもしれないと思う。

講師句評・添削　本当に素直な正直な作品です。「優しさ」の中に多少の悪《わる》も必要とします。明るい、カラッとしたワルです。いたずらっ子のような。本当の「悪人」ではいけません。川柳をつづける限り、好奇心を持つこと、何度も転ぶことです。

◎本当の人生を知る汚れ役

（森中惠美子）

原句　あいまいに笑って今日を甘くみる　**「笑う」**

作後感　対人関係で自分の思っていることや相手への答えをすぐに出さずに、あいまいに笑っていることが多い。それは、自分を守ってきたようであるが、現実や他人に甘くなっていたのではないか。

講師句評・添削　上五から中七にかけての視点が深い反省から出て来ている言葉だけに、まだ何か出来たのではという作者の誠実さが浮き出ています。添削不要ですが作後感の「自分を守ってきたよう」の部分を入れると深みも出ますね。

◎あいまいに笑って甘く身を守り

（竹田　光柳）

◈省略できる字句がないか

原句　講師役教えて学ぶことばかり　「雑詠」

作後感　今年一月から初心者ばかり数人に川柳を教えている。一緒に学ぶつもりで、合評、添削や資料提供で講師役をしているが自分自身にとても役立っている。

講師句評・添削　「講師役」は省略して句をまとめた方がいいでしょう。

◎学ぶことばかり教えるむつかしさ　（浜口　剛史）

原句　火祭の火の粉を浴びて奮い立つ　「雑詠」

作後感　若い頃神社の火祭の火の粉を浴びて今年こそいい年にしようと気持ちを奮い立たせた。夜空に散る火の粉は不思議な力を持っているように思えた。「奮い立つ」では説明調になるでしょうか。

講師句評・添削　確かに火祭りの火の粉を浴びると血潮が燃えてきて「やってやるぞ！」といった気持ちになります。そんな気持ちが原句から伝わってきますが、さて何に奮い立つのでしょうか。作後感では今年こそいい年にしようということですが、今は正月ではないので合いません。「奮い立つ」そのものは説明調ではありません。「浴びて」は省略可能です。

◎火祭りの火の粉やる気を燃え立たせ　（津田　暹）

原句　だらしなく寝て観る暑い甲子園　「暑い」

講師句評・添削

◎だらしなくテレビで観てる甲子園

で暑いは詠めます。肝心なテレビは省略できません。　（竹本瓢太郎）

原句　教え合い折り紙あそびケアの午後　「雑詠」

作後感　デイサービスにボランティアとして、レクリエーションに参加してなごやかなひとときがとても価値あるものに見えて…。

講師句評・添削　とても立派なボランティア活動ですね。この句も上五は感じ取って貰って省きましょう。伝えたい事は表現されていますので、仕立て直しをすると良いでしょう。

◎折り紙に時間の早いケアの午後　（川俣　秀夫）

原句　戦争の聞き書きをするケアの午後　「雑詠」

作後感　デイサービスでボランティアとして、少なくなっていた戦争体験者の声を集めている。その人の自分史として文章化したい。

講師句評・添削　情景がしっかり伝わってきます。このままで結構です。蛇足ですが「午後」はなくとも良いでしょう。ご参考までに「戦争の聞き書きケアへ今日も行く」を挙げておきます。素晴しいことをおやりですね。（島田　駱舟）

原句　D51《デゴイチ》を見れば昔に会えそうな　「昔」

作後感　デイサービスで認知症の方の聞き書きをしている。そのきっかけは、元国鉄マンが公園のD51を見て目を輝かせるのを見て…。

講師句評・添削　D51を見て目を輝かせている方も認知症の方なのでしょうか？　その方の気持になっての句と思いましたが、「見れば」は省略できますのでより具体的に

◎D51で遠い昔を思い出し

◎D51へ忘れた記憶取り戻し

でも。（齊藤由紀子）

◇何を誰にどのように伝えるかを自分自身に問う

原句 いま一度この指とまれままごとに　「幼い」

作後感 五十を過ぎて、幼馴染みの懐しさが増してきました。あの時のグループ、仲間でもう一度ままごとをやって遊んでみたいなぁー。

講師句評・添削 いま一度と呼びかける相手と自分が描写されていません。この点をもっと考えるべきでしょう。「幼馴染みとこの指とまれしてみたい」ではどうかしら。（大森風来子）

原句 愚痴だけで起き上がれないそのひとり　「雑詠」

作後感 不景気、医療費の値上げ、年金の目減り等で愚痴を言い合いたくなる暮らしですが、庶民はどうすればいいのか。先の見えない苛立ちを句にしてみましたが、自虐的すぎるでしょうか。

講師句評・添削　少しも自虐的ではありません。自虐的な人は川柳など作らずにヤケ酒ばかり飲んでいるでしょうね。何の愚痴なのかが添え書きを読まないと分かりにくいのが残念ですね。「庶民はどうすればいいのか」の部分を盛り込むと政治への愚痴だと読者にもきちんと伝わるでしょう。そうしなければ「そのひとり」も生きて来ませんね。

◎愚痴だけで終わる庶民のそのひとり　（島田　駱舟）

原句　**立ち直るきっかけくれたボランティア**

作後感　四十八歳で膠原病を発症し、それを契機に始めた「いのちの電話」相談員のボランティア。それで少し立ち直った。

講師句評・添削　人を助ける相談ボランティアをすることで貞樹さん自身が助けられた、という内容ですが、作後感を読まないと、正確に伝わらない可能性があります。ボランティアの人から助けられたという内容として解釈されるかも分かりませんね。はっきりとボランティアは貞樹さんご自身であると伝えたいです。

◎ボランティア始めてからの立ち直り　（島田　駱舟）

◇課題の特色に着目しよう

原句　締切日えんぴつ全部尖らせる　「鋭い」

作後感　締切日が目の前なのに、句ができず今夜中には、と机に向い、鉛筆を鋭く削って気合を入れる。その意気込みを句にしてみました。

講師句評・添削　なかなか面白いし、できた作品です。課題の〈鋭い〉としては、鑑賞者にわかってもらえるか少々疑問ですが…。　（細川　聖夜）

原句　コンサートS席にしか座らない　「気障」

作後感　「気障」を入れずに「気障」を詠んでみようと思ったら、テレビの相撲観戦で溜り席に常連らしき人がいることを思い出しました。少し気取って服装も目立つ気障な人…。

講師句評・添削　「気障」とは服装や態度・行動が気取っていて、人に不快感を感じさせること・いやみな奴。コンサートでも気障な奴はS席ばかりではない。A席に座っても気障な奴は気障ですよ。

◎コンサート定まった席に気障な奴　（野村太茂津）

原句　アイディアのヒントをもらうティタイム　「喋る」

作後感　くつろいだ雰囲気で雑談している時の他人の何気ない言葉がとても参考になる時がある。

講師句評・添削　仕立て方は上手ですが、題「喋る」より「聞く」内容の句になりました。「喋る」にポイントを置いて詠みましょう。上五に手を入れて。

◎お喋りでヒントを貰うティータイム　（荻原美和子）
（雑談に）

◇一点集中何を強調して詠みたいか

原句　年金の財布に寄附を言われても　「強引」

作後感　年金生活をしている先輩が、四つの病気にかかり、新聞の夕刊や雑誌の講読を止めて節約しているのを聞いて…。

講師句評・添削　課題に対して寄付だけでは、題から離れた句になります。この場合「強要」と描写しませんと句意が生きません。

◎年金に強要の寄付重くなる　(松岡　葉路)

原句　ただ働きの腹ラーメンがなぐさめる　「雑詠」

作後感　サービス残業の帰途に屋台で食べたラーメンのおいしかったこと、退職した今、当時を振りかえり懐しい。

講師句評・添削　残業の帰りのラーメンがおいしかったことを言いたいのですから、「ただ働きの」の七音にしてまで事実を報告しなくてもよいと思います。

◎残業の腹をラーメンなぐさめる

（吉岡　茂緒）

◇言葉と仲よくリズムよく

原句　解禁へ河原に光る陣取り灯　「鮎」

作後感　鮎解禁の新聞記事を読んで作句しました。

講師句評・添削　鮎解禁の様子を句にされたようですが（新聞記事から）実感句ではなく情景の説明・報告におわったようです。「解禁の鮎へ河原に陣をとる」リズムもよくなりました。説明をする語が多く、それを省いたものです。

（森中惠美子）

原句　ひた走る犬の姿に励まされ　「雑詠」

作後感　難病になって十年。全力で走ることもなかったのに、犬は引綱で首を締めんばかりに私を引っ張ります。生後四か月の柴犬ですが、その力の強いこと…。私も少しずつ走ってみようか…。

講師句評・添削　ますます愛情が湧きますね。頑張っての気持を表わしているのかも知れません。今後は頼りになります。元気を出して下さいませ。上五のひた走るが効いています。

（江口　信子）

原句　流灯や初盆の友連れてくる　「はかない」

作後感　思いのほか早く逝ってしまった同病の友。流灯を思い浮かべて友の記憶がよみがえる。

講師句評・添削　切れ字を使うことの是非を承知のうえでの「流灯や」ですが、中七以下と直結していて、効果的とは言えません。「流灯に友の記憶が蘇る」ぐらいにしておきましょう。

（吉岡　茂緒）

原句　元慰安婦の憤怒吐き出す日本語　「雑詠」

作後感　韓国人女性が日本政府に賠償請求をするのを報道する。忘れかけた日本語で憤怒している彼女たちの姿をみて…。

講師句評・添削　ＮＨＫ学園では上五の字余りを許容としていますが、上五と中七を入れかえることでリズムも整うかと思います。日本人として身につまされますね。

◎憤怒吐く元慰安婦の日本語

（竹田　光柳）

原句　凡人の飾棚にも栄誉あり　「雑詠」

作後感　凡人にも何かいいところ、人に評価される事はしてきた（例えば永年勤続とかボランティアの感謝状とか表彰状、はてはゴルフ大会の楯とか）それを下五に「栄誉あり」としたのですが、ずばり「表彰状」とすべきでしょうか。

講師句評・添削　ずばり「表彰状」はいけませんね。理由は六音になるからです。実際に「表彰状として声に出して読んでみて下さい。「栄誉あり」と較べていかがですか？　リズム感が違いますね。作品はこれで完成していますが、やはりこの作品の貞樹さんにはステップを上げた表現を望みましょう。「栄誉あり」は助詞が抜けてリズムが悪くなりますので「ある栄誉」としたいですね。

（島田　駱舟）

原句　小火に留守いつまでも責められる　「留守」

講師句評・添削　中七が字足らずになり残念。リズムを大切にしましょう。

◎留守中の小火を今でも責められる

（荻原美和子）

原句　あの人にまた貸しつくる待ちぼうけ　「雑詠」

作後感　約束時間などで相手より遅くなることはめったになく、いつも待つ自分。そうなる性格となったのは…。

講師句評・添削　このままでも良いでしょう。しかし作後感からは「あの人」に特定しないほうが良いとも思われます。「あの人も」ではないでしょうか？　また「また貸しつくる」をもう少しリズム感のある表現にしたいですね。私なら「あの人も貸しを作らせ待ちぼうけ」（例句）というところではないでしょうか。

（島田　駱舟）

原句　言い訳のかわりに朝の米を研ぐ　「**雑詠**」

作後感　言い訳や愚痴をうまく使えない質で、言い訳のかわりを一つの態度で示そうとする。

講師句評・添削　「米を研ぐ」のは女性の仕事というイメージですが、そこを逆手に取ったのでしょうね。このままで結構です。ただ「言い訳」は「謝罪」のような気もしますので「朝の米罪ほろぼしに研いでいる」（参考句）を挙げておきます。

（島田　駱舟）

◇写生・説明句にならないように留意

原句　さっぱりと駅で別れて諦めよ　「さっぱり」

講師句評・添削　作後感が消されてありますが、男と女の別れる情景でしょう。いちおうまとまっているのですが、表現にもうひと工夫、要です。「さっぱりと諦める気の駅に来る」。別れて、は説明語。句意は変っていません。軽やかな表現を。（森中惠美子）

原句　長雨に夫婦いさかい止められず　「梅雨」

作後感　些細なことで始まった中年夫婦のいさかい。梅雨の長雨で感情も抑えられ、おさまりがつきません。こんな時、何で気分転換したらよいのでしょうか。

講師句評・添削　下五の「止められず」が説明であり、救いがありません。先人（故人）にこのような句があります。「諍いのあとの静かな雨をきく」「いさかいの前もあとにも降りつづく」ご

参考に。前もあとにも（いさかいの前後）で長雨を表現。（森中恵美子）

原句 病友の初盆詣り蝉時雨 「雑詠」

作後感 同じ病気の遠縁の女性が亡くなって十ヶ月。初盆詣りに行く道すがら、街路樹の蝉がいっせいに鳴いていた。淋しさがこみあげてきた。

講師句評・添削 意味はわかるし、それなりに出来ていますが、下五の「蝉時雨」は写生の域を出ていない気がします。〈蝉しぐれに誘われてきた友の墓〉ではどうでしょうか。（細川　聖夜）

原句 迷路めく温泉ホテルの旧母屋 「雑詠」

作後感 格安ツアーで泊まった温泉ホテルの部屋は、新館を通り抜け、いくつもの角を曲がって階段を上り下りした奥まったところにありました。もしもの時どうやって外に出るのだろう…。

講師句評・添削　句は温泉場の古いホテルを説明したに過ぎない。温泉ホテルの旧館の不安な、奥まった部屋を、非常の場合を想定しての不安。それに中八の字余りを直したい。
◎迷路めくホテルの部屋に寝る不安　（野村太茂津）

原句　**発車ベル切符持つ友まだ来ない**　**「はらはら」**

作後感　駅のコンコースで友と待ち合わせ。特急の切符は友が持っている。

講師句評・添削　「発車ベル」と「まだ来ない」ではらはらがよく出ていると思います。「切符持つ友」とまでは説明のしすぎという感じです。
◎発車ベル約束の友まだ来ない　（鈴木　咲子）

原句　**あと少し広い家なら娘よぶ**　**「広い」**

作後感　数年前、老後の住まいにバリアフリーで夫婦ふたりには十分すぎる家を建てたが、もう少し広くして娘一家と同居も可能にしておけばよかった、と思うこともある。

講師句評・添削 娘さんに面倒を見てもらいたいのが皆理想です。句から残念さが響いて参ります。

◎もう少し広さがあれば子と同居 （江口　信子）

原句 三面鏡に映ってどれも笑い顔 「雑詠」

作後感 時々、鏡に映っている自分の顔の表情を変えて楽しむ。やっぱり笑い顔がいいが、三面鏡だともっと楽しいかもしれません。

講師句評・添削 情況はよく分かりますが、少し説明調になりましたネ。川柳には作者自身の気持ちが反映されなくてはなりません。句の組み立てをしっかり勉強してください。

◎三面鏡ぼくの笑顔も素敵だぞ （山田　圭都）

◇川柳らしい表現を

原句　命令に背いて命長らえる　「命令」

作後感　日頃それとなく考えていることを句にしました。職場、社会でマイペースでいやなことはいやといい、会社人間にならないのもひとつの人生…。その方が命長らえて充実した人生をおくれるかもしれない。誰の「命令」かが判然としない弱さがこの句にあるかもしれません。

講師句評・添削　過労死という言葉もあるくらいですから、あなたの言わんとするところはよく判ります。只、あまりにも率直に詠み過ぎますとかえって柳味を損ないかねません。ここは「命令は聞くもほどよく過労避け」程度にしたらどうでしょう。評価は発想の面白さを買いました。

（鈴木　国松）

原句　ゴルフセット妻の小言が目に浮かぶ　「ブレーキ」

作後感　以前から欲しいと思っていたゴルフセットを目の前にしながら、妻の小言を思い浮かべて、買うのを迷っている。

講師句評・添削　恐妻家の心を率直にうたった点は微笑ましい。それは別として家計を握るのは妻であり、それによって一家のリズムが保たれていることを思えば妻を悪役視することは出来ない。とは言っても欲しいものは欲しい。しかし妻の睨みがこわい、どうしたらよいか迷うばかり。

◎妻の目が衝動買いの手を押え　（坪　定見）

原句　リーダーに命あずける象の列　「**雑詠**」

作後感　ひでりの中を水と食べものを求めて移動し、途中で倒れる象もいる。そんなテレビの映像を見ながらリーダーを信じきっている象たちに感動して…。

講師句評・添削　地球最大の動物・象、それが意外と小心である。だから絶えず集団をつくって行動する。その集団行動も無秩序な集団ではなく、リーダーのもと外側を大人が守り、子象をその中に囲って外敵に備えている姿は正に野性の愛である。それもリーダーを信じ切ってのことである。

◎リーダーのタクトのままに象の列　（坪　定見）

原句　竹を踏む小さなウツを踏み潰す　「**踏む**」

作後感　竹を踏むのは、血行を良くすると言いますが、気分的に良い効果があると思っています。「踏む」のリフレインをとり入れてみたのですが…。

講師句評・添削　リフレインの効果よし。良。一般には次の言いまわしもできます。

◎竹を踏む小さなウツをもみほぐす　（浜口　剛史）

原句　雨傘も見る人が見て歌となり　「**傘**」

作後感　ものをよく見ることの意味を考えていると、この梅雨どきに手離せない雨傘にも歌が生れても良さそうにと思いながら…。

講師句評・添削　雨の日にビルの窓から横断歩道をみると、カラフルな傘が行き交いまるで音符のよう…作後感を読んでそんな状景が浮かんできました。

◎カラフルな傘ハミングをしてるよう　（鈴木　咲子）

原句　この暑さものともせずにホームラン　「ホームラン」

作後感　夏には甲子園大会のテレビ観戦が日課になる。病身の私には炎天下での野球に目も眩むほどだが、ホームランとは恐れ入る。

講師句評・添削　比喩で一句に仕上げたい。

◎炎天を突き刺すようなホームラン　（浜口　剛史）

原句　高いビルまるで地球のイボみたい　「高層」

作後感　高層ビルが将来朽ちてどうなるのだろうといつも思う。地球の自然崩壊で不要のものになるのかも知れぬ。

講師句評・添削　川柳でいろんな見方が出来ます。この句もその見方です。この気持ちを忘れないように。（浦　眞）

原句　新年の景気気になる恵比須様　「雑詠」

作後感　新年寿川柳大会の案内状が届いた。場所は十日恵比須神社。今年こそ、といわれながら長引く不況。商売の神様はどうしているのやら…。少しパンチが足りないかもしれないですが…。

講師句評・添削　はやく景気が回復して欲しいですネ。犯罪の多いのもその一因かもしれませんネ。この句もあとひと捻りしてみましょう。川柳らしい表現を学んでください。

◎**新年の景気恵比須も気にかかり**　（山田　圭都）

原句　うっとりの右手をつねる妻の意地　**「雑詠」**

作後感　私の体験ではありませんが…。歳をとっても若くてきれいな女性にはつい目が走ります。それを並んで歩いている妻は軽く牽制するのです。

講師句評・添削　この着想はユーモアで表現した方がいいと思いますので、夫の側から詠んだ方がいいでしょう。

◎**いい女目で追い妻につねられる**　（鈴木　咲子）

原句　真面目ゆえ喧嘩も多くなる夫婦

作後感　お互いに真面目でごまかさないので、他愛ないことで喧嘩になる。そのことにこの頃やっと気がついて気楽になった。

講師句評・添削 ユーモアタッチの上手い句です。このままでOK、合格です。

◎生真面目が過ぎて喧嘩をくりかえす

と言った所ですね。

（加藤友三郎）

◇中七、下五を守ること　五七五の基本を守る

原句 均等法夫唱婦随に止め刺す

「従う」

作後感 「夫唱婦随」が死語になりつつある今日を風刺したつもりですが、独りよがりでしょうか。「それがどうした」川柳（?・）作句の面白さ半分、発想（句想）の苦しみ半分の今日この頃です。

講師句評・添削 とても上手にまとめられました。独りよがりどころか、発想も表現もいい川柳です。上五の破調は許容されていますが、できる限り五、七、五の基本にまとめるよう心掛け

ましょう。　（小林由多香）

原句　研修会ホンネを問われ取り乱す　「雑詠」

作後感　研修会であの手この手でホンネを引き出して、もり上げようとする主催者に、たじたじの受講者である私。タテマエで通らなくなり慌てます。

講師句評・添削　この句もとてもいい句ですが、「従う」と同じく上六の字余りですね。リズム的にも問題はなく結構ですが、基本は基本として工夫と努力を心掛けてほしいと思います。

（小林由多香）

原句　にこやかにすすめる上司の恐い酒　「にこやか」

作後感　日頃いかめしい上司が宴席になると、にこやかに酒をすすめていたのを思い出して…。

講師句評・添削　この句の最大のキズは「すすめる上司の」が八音字で、中八の字余りになってしまった点です。次の句の下五部分も「だいこうぐん」の六音字で、下六の字余りになっています。中七と下五は絶対に守って句を仕立ててくださるようお願いいたします。

◎にこやかに酌する上司何かある　（大木　俊秀）

原句　忘れまい悪夢のような大行軍　「夢」

作後感　戦争を記録したBSテレビを観ながら、その悲惨さを「悪夢のような」と表現しました。下の句をあえて下六にしてしまいました。

講師句評・添削　「大行軍」が下六のことは前記の通りです。あえて下六にしたとありますが「あえて」とは何故ですか？　語順に一寸工夫を加えれば「忘れまい大行軍という悪夢」と定型に仕立てることができますね。ぜひ中七、下五で。　（大木　俊秀）

「祈る」

原句 遠い記憶に武運長久という祈り

作後感 戦時中、千人針の衣に必ず書いたという「武運長久」に無事帰って来たという祈りがこめられていたのでしょう。

講師句評・添削 七八五になってしまいました。遠い記憶といわなくても昔のことと言葉で分かりますので、七七五になりますが「武運長久千人針にある祈り」（例句）ただ武運長久も千人針も今の若い人には通じなくなりましたね。

（齊藤由紀子）

第三章　川柳随想

退職記念「デンマーク・スウェーデン福祉の旅」
アンデルセン博物館にて
（1997年8月）

デンマーク・チボリ公園での折り紙コーナーにて

1. 川柳との出会い

（季刊「くすのき」第六十八号）

今、川柳が面白い。川柳を読んだり、作ったりしていると、時間が経つのを忘れる。私が川柳と出会って、ちょうど十年になる。

内気でおとなしい性格だった私は、口や行動で自分を表現するのが下手だった。その分、文章を書くのは嫌いでなく、本棚には若い頃から買い込んだ「文章の書き方」「文章読本」「文章表現」などの本が二十冊以上も並んでいる。二、三十代には、仲間と週刊で職場ニュースを書き続け、四十代には通信教育で「文章の書き方」や「自分史」講座を受講し、退職間際には、自分史「福岡の公民館を歩いて三十年」を自費出版した。

そして、平成二年秋に膠原病を発症し、三か月の療養生活を送ったことが転機になり、川柳と出会った。たとえベッドに横たわっても生き甲斐を持ち続けたい、漫然と病院で過ごしたくない、何か病気を忘れられるような趣味を持ちたいと考えた。

それで、鉛筆と紙があればどこででもでき、自分の思いを表現でき、人の心に伝えることのできる川柳を選んだ。

川柳は、十七音字を基本とし、口語を使って表現する短詩型文芸で、誰でも自由に作れる。本棚に長く飾ったままになっていた川柳入門の本を手にとって、これなら自分に合っているかもしれないと思った。そして、平成六年四月から通信講座を受講し、公民館での句会にも参加するようになった。

難病患者である私には「生き甲斐」や「心の支え」が必要なのだが、それが何なのかは、自分の生きてきた文脈の中から絞り込むしかない。私にとってそれが川柳だった。

自分には才能がないのではないかと、何度か川柳をやめようと思ったこともあったが、まだ、やるべきことをやっていないと思い直して、続けている。

（季刊「くすのき」第六十九号）

2. 近詠と題詠

私は、時々、「何のために、川柳を作るのか」と自問する。たてまえは「自己を表現し、それによって、あわよくば人の心を動かせるように」ということだ。

ところが、句会や大会に投句する題詠づくりに追われて、近詠を作る機会を持ちきれていない。日記に何でも五・七・五にする意気込みで、川柳を記していた時もあったが、長くは続かなかった。採られる、抜けるという題詠による競吟は、他の人と同じ土俵に上がれる気がして、それなりに楽しい。しかし、入選することのみに力を尽くし、まわりの評価もそれを重要視する、それでいいのだろうか、と反省する。

題詠で、自分らしい、自分の思いが入った句ができるのは稀で、題にこだわって、心にもないことを句にしてしまう時がある。こんな時は、自分の未熟さが厭になる。たしか入門書に「題詠は、近詠を作るための習作なのだ」とあったが、私は習作ばかり作って、自分らしい句はいつできるのだろうかと焦りすら感じる。

初心の頃、先輩や添削講師から「自分の思いを自分のことばで率直に述べることから始めなさい」とよく聞いた。考えてみると、このことばは題詠の場合にもあてはまるが、これといったとっかかりのない近詠（雑詠）には大切な視点だ。

近詠というのは、どんな句をいうのだろうか。私は川柳で、「何が言いたいのか、何を詠もうとしているのか」ではなかろうか、と思う。言い換えれば、人生観、世界観などさまざまの「観」の土壊に五・七・五の花を自分のことばで開かせる、ということだ。

結局、心がけとしては、題詠ではあっても自分の思いや主題がよく出て、その題を呑み込んでしまうような句を作れば、近詠のような題詠、題詠であるが近詠になる。まだ不勉強な私には、こんな考えで近詠と題詠と理解している。もっと深く理解するには、先達の川柳の本質論や表現論を学ぶべきだろう。

川柳に関する名言と言えば、川上三太郎の単語集がよく知られているが、昨秋購入して、まだ頭に入れていない。いわゆる六大家はじめ、他の川柳家たちも珠玉の言葉を残している。これらを少し本気になって読んでみたい。そうすれば、自分がどんな作品を作りたいのかや、好きな作家も見えてくるだろう。

私は今、やっと本格的に川柳を作る入口に立っているのかもしれない。

3. 慶弔句・贈答句

（季刊「くすのき」第七十号）

嫁ぐ娘の川の流れをたしかめる

玄関に巣立つ娘の靴並ぶとき

足音がやさしくなって娘が嫁ぐ

昨秋に結婚した次女の披露宴の終了間際に、花嫁の父親として司会に詠みあげて貰った句である。この宴のフィナーレは好評だったようで、川柳をやっていてよかったと思う。私は、自分の気持ちを詠み、人生の記録を残すことのできる慶弔句・贈答句をたくさん作りたい。とりわけ慶意を評する句（祝吟）は、年祝、結婚、金・銀婚、誕生、入学、就職、新築、出版、受賞など数限りなくある。

私は、水彩画を描く友人に頼んで、色紙の隅に挿絵を添えて貰ったものを常備し、事あることに色紙や短冊を贈ることにしている。親戚、友人、病友、ボランティア団体などに贈った色紙や短冊は、この二、三年で数十枚になるだろうか。自句よりも著名な川柳作家の句を贈るのも喜ばれた。それに、慶弔句そのものではないが、同窓会などの出欠通知などあるいは口頭での自己紹介や研修会での感想発表などにも、自句をなるべく添える。

そうすると、その時、場所と間柄に応じて気持ちを伝えられ、強い印象やインパクトを与え、川柳をよく知らない人たちへ川柳を知っていただく機会になるようだ。

俳句では高浜虚子の「贈答句集」(「虚子五句集　岩波文庫)が有名だが、川柳の先達が述べている慶弔句のありようを紹介したい。

川柳を以て結婚を祝ったり、転宅をよろこんだり、不幸を悔やんだりする必要に迫る時があります。総て前書つきの句は非常にむつかしいが出来ると普通の句以上に妙味があります。祝吟や弔吟は特に必要なものでありますが、その外にも「留守宅を訪うて」とか「西瓜を貰った礼に」とか、「欠席を詫びて」とか、いろいろの機会に、手紙の終わりに書きそえる事が出来れば、作った方も受けた方も愉快な事に相違ありません。

(岸本水府著「川柳読本」より)

おめでとうだけでは足りない　そんなとき心にふれあうお祝いの句を
ご愁傷さまではなく　哀しみを分かち　いたわる　心やさしいお別れの句を
慶弔の句には　趣味を越えた人間の美しさを見る　川柳を知っててよかった

（日下部舟可編「バラときく」より）

（季刊「くすのき」第七十一号）

4. 川柳を楽しむ

私は、書店や図書館に行くと、書棚の案内板にすぐ目がいく。あっ、ここも「詩・短歌・俳句」になっている。「川柳」が無く、いつも歯痒く思う。住んでいる町の図書館には、「川柳も表示して」とお願いしたら、書架に一段と大きな字で貼ってくれた。

テレビでも俳句・短歌は、毎週「俳壇」「歌壇」が放映されているのに、川柳の番組はない。ところが、九月六日から二か月だが、教育テレビで「趣味悠々　時実新子のハッピー川柳塾」（月曜日午後十時）が始まった。こんなに長期にテレビで放映するのは珍しく、嬉しい限りだ。

先日、テレビの福祉番組で「介護短歌」が紹介され、心を打った。七十二歳の夫が、パーキンソン病の妻を長年介護しながら、「一日一日急速に衰えてゆく妻よ今日より薬を砕いてのます」と詠む。「歌を詠むことで、辛いこと、悲しみや苦しみが緩んでいく」と語っておられた。私なら、介護があるから川柳どころではない、と言うにちがいない。

この番組を契機に全国から介護の短歌が寄せられ、九月二十日には「三十一音いのちの歌」が放映された。川柳も「遺言川柳」が出版されたのだから、早晩「介護川柳」も世に出ることだろう。「遺言川柳」といえば、いま、「川柳公募」が静かなブームらしい。「賞とるマガジン」（七月号）では、「川柳公募で言葉選びの達人になる」の特集を組んでいた。インナーウェア（下着）、遺言、酒張（アルコール）、毛髪、エコロジー、方言、孫などをあげ、優秀作品、作者のコメント、入賞のコツを紹介していて、面白い。私も気軽に挑戦してみなければ、と思い直した。

公募で思い浮かぶのは「新聞川柳」だろう。昨年、福岡市内の三つの公民館で初心者向けの「川柳教室」を企画・開設した時、集まってきた初心者の多くは「新聞で川柳を楽しんでいる」「新聞に投稿している」と語っていた。新聞川柳は、かくれた川柳愛好者をたくさん育てているようだ。

この他にも川柳の楽しみ方は、いろいろある。ＩＴ時代になり、インターネット、Ｅメール、ケイタイで川柳を詠んだり、楽しむ人も多くなっている。毛嫌いせずに楽しみたい。

5. 作りっぱなしにしない

（季刊「くすのき」第七十二号）

私がかくありたいと思う句の整理方法を書いてみよう。句の整理というのは、川柳に接する姿勢を正しくし、自分自身で苦労して作った川柳をどう大事に扱っていくのか、という大切な問題であるようだ。

川上三太郎が「我が句は我が子愛して誇るな」と言っているのは、自作を慈しみ、鍛えて、育てる気持ちで、句を作りなさいということだろうが、では、具体的にどうすればいいのだろうか。

俳人の福田甲子雄（白露）が初心者向けに「作品の整理法」を書いているのが、とても参考になるので、以下に要約する。

「初案の俳句は、胸のポケットに入るくらいの小さなメモ用紙の方が何かと便利。まずこのメモ用紙に俳句にしようとするものを書いておく。五・七・五の定型になっていなくてもよい。その時、見たもの感じたものを記しておけばよい。

次に、改めてメモ用紙を出して付録手帖に清記する。このときは指を折って定型にしたり、余計な言葉を省略して付録手帖（ノートでもよい）に書き込んでおく。この手帖を十日ばかりしたら再度開いて読んでみる。句会や俳句雑誌に出句している人は、この十日を経た句から選ぶことが大切。

そして、この出句した作品は、もう一冊の俳句手帖を置いて書いておくこと。それにはいつ出したのかを記入し、入選した作の上には赤丸をつけておく。やがて何年かして句集を作るときなど、この最後の句帖があれば、苦しむことなく自分の歩んできた俳句の年輪が見えてくるものだ。自分自身で作った俳句であるので、これくらい丁寧に扱うことで、自作のわが子のようになり、俳句の方で頬笑んでくる」

作りっぱなしにしないで、この整理方法を実行するように心がけているが、いかんせん句のレベルの問題もある。

平成六年七月から楠の会に出句して十年になるが、句会で抜けたのは三三一句、近詠が一八二句ある。

しかし、果たして自分らしい句として、句集におさめることのできる句は、どれだけあるだろうか。読みかえしてみると、本当に心もとない。できれば数年のうちに「川柳とエッセイ」の自費出版をしたいと思っているが、まだまだ精進が足りないようだ。

6. 作句作法

（季刊「くすのき」第七十三号）

川柳を作り始めて十年、未だに作句のノウハウが定まらない。先輩諸氏が、どんな方法で作句しておられるのか、面と向かって聞いたことはない。川柳入門書や川柳雑誌でみる限り、千差万別のやり方のようだ。

作句する時、五七五に「どうまとめるか」があるし、その前に「何を見つけるか」が問われ、その材料が新鮮でなければならない。この「何を見つけるか」で悩むことが多い。初心の頃は、自分の体験や思考方法、思いつきで見付けを考えることができたように思うが、近頃は枯渇したのか、正攻法でしか詠めない。ここからアングルを変えて、自分流に乗せきれないでいる。

「どうまとめるか」の方も、自分の欠陥が少しずつはっきり見えてきた。一つには、表現技法の基本、二つには、推敲の具体的な方法がまだ身についていないのである。

省略、擬人、比喩、重詞、誇張、引用、人物詠み込み、それに助詞の使い方という表現技法の基本のうち、肝心の省略すら、もうマスターしていると言えるだろうか。わずか十七音字に、その場のありさまや思いをまとめるには、文字そのもの、あるいは文章の内容の一部を省略して、川柳を仕上げなければいけない。それが不充分な句は、冗語があり、説明句になり訴求力がない。その他、私の句には、比喩、重詞、引用などの技法によるものが少ない気がする。

二つ目の推敲の具体的な方法は、①語順を変える　②語句を変える　③語句を加える　④語句を削る、という四つの方法しかないが、それをどんな時にやるかとなると、奥深い。

推敲のポイントは、どの入門書にもあるように、①自分の言いたいことが表現されているか。②詰め込みすぎではないか。③リズムが整っているか。④用語は適切であるか。⑤説明、報告になってはいないか。⑥ひとりよがりになっていないか。　⑦言い古された着想ではないか。——

これらをチェックできても、四つの方法で推敲するのは、なかなか骨の折れる作業になる。「継続は力なり」というけれど、川柳をとことん好きにならなければ、と思う今日この頃である。

7. 教えることは学ぶこと

（季刊「くすのき」第七十四号）

平成十七年一月から地元の粕屋町立柚須文化センターで、初心者向けの「川柳教室」を数人の受講生で始めた。皆、全くの初心者ばかりで、昼間の時間潰しに参加した独り暮らしの八十二歳の女性、脳梗塞の後遺症が残る男性など大半がハンディを持っている人たちだ。だから、川柳に関する基礎知識や名句紹介などに、半分の時間を使ってゆっくりした歩みをしている。課題も一つ、二つにして負担を軽くし、合評や添削に時間をかけている。

それだけに講師役の私の力量が問われるわけだが、「教えることは学ぶこと」を肝に銘じて、精進しようと思う。添削もせいぜい〝整形〟の範囲を超えないことが多いが、今のところは受講者も納得してくれている。

教室日の朝、瞼の手術のため入院しているAさんから電話があった。「先生、今日の教室での宿題『友だち』を三句作りましたから、書きとめて下さい」と言う。よく聞くと、「二日前に右の瞼の手術をした。五日後には、左の瞼を手術します」ということだった。

私は受話器を持って胸がいっぱいになった。川柳を始めて四、五か月の人が、こんなに川柳に打ち込んでいる、夢中になっている。何ということだろう。教えている私も、いい加減にしていけないな、と思った。「友だち」が課題句だったこの日、「病む友が教えてくれた道標」の句を出句した。

教室を終えて午後四時頃、帰宅すると待ち構えていたように、Aさんから「次の課題は、何ですか」という電話が入った。入院していて時間を持て余している、と考えられなくはないが、瞼を手術して隻眼のはずだし川柳を作る気になれるだろうか、といろいろ推測してみた。それにしても、胸が熱くなる嬉しい出来事に違いなかった。

私も受講生といっしょに、いやそれ以上のスピードで成長して、彼らの期待に応えたい。なるべく早い時期に、皆さんが胸を張って句会や大会にもいっしょに出られる機会が来るようにしたいものである。

「川柳は難しかぁ」と言いながら、家から大きなポットや湯呑みまで持ってきてくれる八十二歳のBさんに、川柳を好きになってくれるまで、あとひと踏んばりが必要だろう。

8. 作句で一番苦労すること

（季刊「くすのき」第七十五号）

ありきたりに言えば、「一読明快で、自分らしい、川柳（味）」を作るには、どうしたらいいのかを考え、作句方法をふりかえる。

課題句を作るとき、まず国語、類語辞典ときには逆引き辞典を引く。課題の意味を正しく掴むのと、多くの意味を知って句想をひろげるのに、欠かせない作業だ。これらの辞典にあるフレーズを基に作句するが、ふと頭に五七五が浮かんでくることもある。それは、実感や体験にもとづいた句で、面白い句想だったりするので、嬉しくなる。

しかし、こんなことは滅多になく、「苦吟」が始まる。

自分の作句上の欠点を挙げると、一つは、入門書でよくすすめている「言葉のストック」や「メモ」を持てないでいる。それを補うために、川柳雑誌、大会誌や句集の課題を丹念に整理して、いつでも検索できるようにしている。ここから句想、句語や句の仕立て方を学ぶ。

また、テレビや本などに頼って作句して、句想をひろげる。例えば、テレビで「ローマ」の紀行番組を見ながら、数句はすぐにできるし、「恐竜」とかの課題であれば、図書館に行って本を拾い読みしながら、作句する。

句のポイントを覚えるため、小さな句帳に書き込み、十冊をこえようとしているが、その活用も試行錯誤のありさまだ。

二つ目の欠点は、推敲がいい加減になっていることだろう。句会や通信教育への投句は、締切直前に作るので、推敲も甘くなる。何回も見直す習慣を身につけたい。ただ、大会の会場で作句したものが入選することもあり、いくら時間をかけて推敲しても、句想・見付けが悪ければ推敲も徒労になる。

こうしてみると、川柳は奥が深い。早く上達したいと思っても、その確かな方法はない。だが、人によっては川柳のコツを早く掴み、上達が早い人もいる。私の場合、時間のかかる方で、掴んでしまえば、見晴らしの良い場所に必ず出ることを信じている。

これが「作句で一番苦労すること」の答えになっているかどうかは、自信がない。川柳の先輩や仲間とまともに話し合ってみたいテーマと考えている。

9. 他人の句を見て作るのは

（季刊「くすのき」第七十六号）

川柳上達への道は、いい句を多く読み、たくさん作り、発想・表現・内容（主題）の三拍子揃った、自分らしい句を作ること、と言われる。これが簡単なことではない。

亀山恭太さんが「他人の句を見て作るのは、やめなさい。力が落ちてきます」と入門書に書いていた。「力が落ちてきます」とは、言い過ぎではないか。どうしてだろうと思っていた。

よく考えると、他人の句を見ながら作ると、真似して作ることになり、盗作まがいの句になりがちだ。それに、自分で考えないので、自分の体験や実感にもとづく発想まで殺してしまう、という事なのだろうか。

だから、大会誌や句集は、句の発想、表現や主題を学びながら、楽しく読んで鑑賞すべきものかも知れない。

では、どうやって句を作るのか。もちろん辞書や本などを読み、よく考えることから始める。最初に意味を確かめ、材料を集める。

田口麦彦さんは課題吟攻略のポイントの一つとして、「連想ゲームの要領で、どんどん作る。その時間が恍惚のときです」と『川柳技法入門』（飯塚書店刊）に書いている。これができれば、他人の句を見ながら作る必要はない。この方法で、努めて作るようにしているが、意外にむずかしい。

例えば、十二月句会の課題「兎」を作る、その過程を追ってみる。

私がまず作ってみたのは、「兎小屋」を句材にした着想だ。先日、テレビで嘗ての大規模団地も高齢化で孤独死が続出していると、報じていた。孤独死防止のパトロールもある。

　孤独死がはやる昭和の兎小屋

これでは、新聞の見出しみたいで「昭和」も少し表現がおかしい。どうして孤独死か。

　孤独死はやる冷たいドアの兎小屋

団地の冷たいドアの内側に引きこもって「ゴミの山の中でひとり淋しく」を表現した。

もう一つは、兎のやさしさが癒しになるとペットにする人を句材にして作ってみた。

　やさしさをくれる兎と今日も過ぎ

本棚の室生犀星の「動物詩集」をとり出して、〝うさぎのうた〟を読みながら作る。

　雪がふるうれしくなって翔ぶうさぎ

私には連想ゲームは、まだ苦しく、恍惚の時は滅多にない。楽しみは先にとっておく。

10. 古書店巡り

（季刊「くすのき」第第七十七号）

旅行に出ると下戸の私は、時間をみつけて古書店に行くことにしている。それも川柳の古本をさがす。高価なものを求めるわけでなく、先達の書いた入門書や句集、それに川柳年鑑などで、安価で手頃な本があれば買う、軽い気持ちだ。

川柳を始めた十二、三年前に、神田神保町の古書店街を歩き回って以来、古書店で俳句・短歌の本の中に埋まるように並んでいる二、三冊の川柳の古書を見つけるのを楽しんでいる。

昭和三年・講談社発行の谷脇素文著「川柳漫画　うき世さまざま」「川柳漫画　いのちの洗濯」、昭和二十八年・創元社発行の岸本水府著「川柳讀本」、昭和四十一年・大文館書店発行の川上三太郎著「川柳入門」、昭和五十一年・吉川英治文庫刊の「川柳・詩歌集」などが、本棚に並んでいる。

素文の川柳漫画は、井上剣花坊の肩入れもあって、一世を風靡したらしいが、大正そして昭和初期の風俗や世相を活写しており、とても面白い。水府や三太郎の入門書は、川柳の作り方と味わい方を簡潔にわかりやすく書かれている。とくに、三太郎は「川柳の味わい方」で自作をコン

ト風に書き換えて解説しているのには、驚いた。（同書三七頁〜一六〇頁）

吉川英治の「川柳・詩歌集」も読みごたえがある文庫本だ。「大正川柳」などへ投句した俳句・川柳の他に、「古川柳隅田川考」「川柳常識読本」「川柳脱線録」など六本の川柳随筆が収められている。これらの川柳論はかなり質の高いもののようだ。

吉川英治は、「雉子郎」と号する川柳家でもあったが、その号は、吉川英治が強度の地震恐怖症で、地震に非常に敏感な雉子をとって号としたのも、この本で知った。

せっかく手に入れた川柳の古典を繰り返し読んで、血となり肉にしたいと思っている。

昨秋の国文祭ふくい川柳大会で、立ち寄った福井駅前の古書店でさがしていた、時実新子の句集「有夫恋」を見つけた。この大会でごいっしょだった飯田恵梨子さんから、昭和四年星文館書店刊の松村範三著「川柳から観たユウモア日本」という古書を最近いただいた。

古代から江戸時代までの時代吟集のようだが、また一つ宿題が増えた、と嬉しい悲鳴をあげている。

11. 私には私の川柳がある

（季刊「くすのき」第七十八号）

川柳を始めて十年を過ぎ、私らしい、自己を表現できた句をどれだけ作れただろうか。

二、三年でリズム、すなわち定型で作ることを学び、言葉の配置を少し身につけた。そして、大会に参加するようになり、競吟による入選に関心がいくようになった。六、七回の大会に参加した昨年は、その作句に追われて、道に迷い込んだ気になり、何か努力不足ではないか、と考え続けている。いままでも小さな壁にはぶつかったが、今の目の前の壁は、大きく見える。

そこで、考えることは、私にとって良い川柳とは何か、ということだ。この句は自分の作品であるという条件は、正直な自己表現であるということ。自分に正直に詠んでいるかどうかではなかろうか。

川柳は文芸であり、詩であるといわれるが、その前に、自分に正直で、素直でありたいと思う。何気なく口から出るつぶやきには本音がある、飾らない自分がそこに現れる。それを大切にしたい。

川柳は「うまく表現している」ことも大切かもしれないが、それよりも自分がそこに存在しているかどうかが大事ではないかという気がしてならない。

そのような意味では、自分をよく見つめることだろう。自分の個性が何であるかを見極めれば、自分らしい句が作れるにちがいない。

しかし、自分というのは、一番わかっているようで案外わかっていない。以前、斉藤孝著「偏愛マップ」という自己分析(紹介)の本に習って、個性・趣向・内容などを書き出したことがある。ボランティア、ペット、クルマ、本、音楽、テレビ、旅行、家、食べ物、交友などについて、私の傾向や特徴をなるべく他人にもわかるように表現した。これに人生体験を織りなすと、個性が浮かびあがってくる。

私の川柳は、文学的素養は余りないかもしれないが、いままで培ってきた人生体験やものの見方、考え方に基づく批評性や穿ち、そしてユーモアを主体にした句を磨いていくしかない、と考える。川柳は、選者や読む人のためにではなく、まず自分のために作りたい。

少し自信をもって「私には私の川柳がある」と言えるようになりたいものだ。

12.「脇取り」体験記

（季刊「くすのき」第七十九号）

最近、句会の脇取りの役を若い古川清太さんに譲った。私が楠の会の句会で脇取りを務めるようになったのは、名脇取りの声が高かった古澤セツ子さん（平成十六年五月没）が、句会を休まれるようになってからである。だから、三年余の間だけだった。

句会用語の解説によれば、「脇取りとは、披講の際、選者の横（脇）にいて、呼名する作者（句主）の雅号を復唱したり、その作者の雅号を句箋に記入する係。文台（ぶんだい）ともいう」。

それで、脇取りは、呼名を間違いなく聞き取って、句箋に雅号を間違いなく記入しなければならない。楠の会では、多い時は三十名をこえる出席者があり、その雅号とお顔を知っておく必要がある。

脇取りにとって困ることとは、呼名の声が小さい時、そして雅号に紛らわしい名が多い時である。ここで細かく書くとご本人に失礼になるので書けないけれど、とくに女性の雅号は、よく似たものが多く、要注意である。大会では、四、五名が同音異字であることも珍しくないようだ。

呼名は、くれぐれも大きな声でお願いしたいものだ。伊豆丸竹仙さんの呼名は、一度聞けば忘れられないような、見事な抑揚であり、年期が入っている。とても一夜にしては真似できないが、個性のある呼名は、句会や大会の雰囲気づくりには欠かせない。

脇取りをしたお陰で、選者の披講を直に横で聞くことが出来、勉強になった。句の読み上げ方が巧いと、句意がよく伝わり、リズム感があって楽しい。よい披講は、川柳を聴く楽しさを倍加させてくれる。

田口麦彦氏は「川柳の楽しみ」という短文の中で、「川柳は、話しことばを基調にしているので、だれにでも意味がわかり伝達力がある。私も作ってみようかという気になるだろう。目で読むたのしみ、耳で聴くたのしみ、そして頭脳を使って創造する三つのたのしみ方がある」と書いている。

このことからすれば、句会で何句抜けるかだけに神経を使うのでなく、川柳を耳で聴くたのしみを十分に味わいたいものだ。

脇取りを務めての何よりの収獲は、皆さんの句やお人柄を早く知ることができ、川柳仲間の輪に溶け込んでいけたことだろう。

13.「介護百人一首」を視聴して

（季刊「くすのき」第八十号）

私は、退職後のライフワークとして地域で福祉ボランティアをやっている。ひとり暮らしの高齢者への電話による安否確認、介護ステーションの運営委員、そして高齢者へのレクリエーション指導などである。

余り気張らず、できる範囲で、自己啓発のつもりで活動している。だから、NHKテレビの福祉番組は、よく視聴している。

とりわけ教育テレビの「介護百人一首」は、必ずみることにしている。介護する人、される人の作る短歌を全国から募って、二組の家庭を訪ねて取材し、ビデオで紹介する番組だ。毒蝮三太夫と若い女性アナウンサーそして専門家を交えながら、トークと短歌で綴っていく。

十一月九日放送の妻六十七歳のALS（筋萎縮側索強化症）を介護する夫七十四歳のご夫妻の生き様は圧巻だった。妻は、十年寝たきりで、人工呼吸器をつけ、身体は勿論手足も動かないのである。動くのは、まばたきだけで、短歌も夫に筆記して貰って作る。

まばたきで長い長い文を書く

感謝をこめて夫の誕生日

夫が早口で「あかさたな、はまやらわ」と言うと、妻は「き」を言いたかったら、「か」でまばたきをする。すると、夫は「かきくけこ」と口ずさみ、妻は「き」のところで、まばたきをして「き」を確定する。見ていても、瞬時にことばを綴っていかれるが、深い愛情の中で生まれた共同作業に違いない。

病得て夫のやさしさ情知り新たな出発またできるなら

妻は「病気に負けないように、短歌を生きがいにしたい。お父さんと明るく楽しくすごすことを望んでいます」と語る。

まさに、深い夫婦の絆と人間の可能性に脱帽である。五七五七七の三十一音が、詠嘆を盛り込むのにちょうどよい長さなのかもしれない。この短さが、体力のない人でも体の負担を気にせずに打ち込めるのだろう。

川柳で迫力ある「介護川柳」を作れるのは、何時のことだろうか、と自問した。病気の自分をうたうことは、いのちそのものを見つめることに直結する。生の深部に問いかけた、重みのある川柳を作ってみたいものだ。

病み病みていつかよきの日の来るごとき錯覚あはれ夕焼のたび　滝沢　亘

14. 課題吟はこうして作っている

（ＮＨＫ通信講座リポート）

(一)

課題吟は、辞書をひき、課題に関するフレーズを書いてみることから始める。このフレーズがどれだけ浮ぶかが決め手で、浮ばない時は、この四年に柳誌等から集めた私製「課題句集」（あいうえお順に七五〇の課題句をファイル）から、フレーズを抜き書きする。これが句想をひろげるのにとても役立っている。

しかし、順序よく作句すればいい句ができるわけでもない。ふと手にした本や週刊誌の目についた文章や言葉から課題句に仕立てることもあるし、ふとんの中や車中で思いついたことから、面白い、実感にもとづいた課題句ができることもある。

初心者の私には、要は川柳眼を養うことで、何でも川柳にしてしまう貪欲さと自分なりの感性に磨きをかけることが大事ではないかと思っている。

（二）

私は柳誌から切り抜いた課題句（約七五〇句を五十音順に綴じたもの）台帳を作っているので、それを参考に作句する。盗作じゃないかと自問するが、模倣から始まると割り切っている。もちろん類語辞典や国語辞典を真っ先に読むが、言葉の遣い方や発想をこの台帳から学んでいる。しかし、この作句方法では自分らしい句が生まれにくいので、課題句を連想ゲームをやるように気軽にたくさん作れるようになりたい。そのためには作句にもっと時間をかけて「多作」を心がけなければいけないと思っている。今の私に必要なのは、多作につきるのではないだろうか。発想を豊かにし、推敲をきちんとして作句するということだと反省している。

15. 私のスランプ克服法

（NHK通信講座リポート）

（一）

川柳を始めて十数年になるのに、どうしてこんなに「下手」なんだろうとスランプになる。才能がないから止めようかとふと思う。だが、思い直して続けている。NHKテレビの「プロフェッショナル」をよく視聴するが、各界の達人に共通するプロの条件は「あきらめないで続けること」「努力するのは当たり前。その上に何を成し遂げるか。」この言葉を思い浮かべる。

自分を振り返ってみると、「十数年と言っても、真剣にやり出したのは、ここ数年だろうが…」「もの真似ばかりしてきたじゃないか」「まだやるべきことはたくさんあるじゃないか」「自分なりの表現が少しずつ芽ばえ始めているじゃないか」「川柳の楽しさもわかってきたじゃないか」

（二）

川柳は奥が深いので、山登りに似ている。少し昇って見晴らしもよくなったと自負していると、また壁にぶつかり「才能がないのかも」と落ち込む。そんな時は、しばらく川柳のことは忘れることにしている。だが、止めてしまおうとは思わない。やっぱり「人間が好きで、川柳の楽しさを知ったからだろう。」

スランプを抜け出し振り返ると、それが上達のきっかけだったような気もする。そう思うと、スランプも恐くなくなった。〝才能〟はこつこつ続けることと自覚する。川柳は、大事な生きがいの一つであり、もう止めることはないだろう。

16. 「川柳錬成コース」（福岡市天神岩田屋カルチャーセンター）で学んだこと

五十年以上の川柳歴をもつ講師の故鷹野青鳥先生の積み重ねられた博識と抜群の記憶力から繰り出る話は、とても有意義で貴重だった。一番前の席で一五〇枚ほどのメモ紙に講話を筆記してきたが、その骨子を書いてみる。

この一年半で学んだことはたくさんあるが、私なりに整理すると、四つのことがある。一つは、川柳を作り読む姿勢のことであり、二つには古い句があって今日があり、郷土福岡の川柳作家を知ったこと、三つにはたくさんの秀句を鑑賞し、さまざまな川柳句集を知ったこと、そして、四つには、今の俳句は人間諷詠、ここから学ぶものは多く、俳句から学ぼうということだった。以下に、この四つのことの具体的な内容を要約してみたい。

一、川柳作りを読む基本姿勢

たくさんの句とふれあい、発見しよう。興味のある句や自分のメガネにかなう句を手帳などに書きとめる習慣をつけよう。多読多作して知らなかったことにぶつかり、自分自身を培う。それが作品を選ぶ力になっていく。また、川柳家同士で作品についてのキャッチボールをして自分の目を養おう。大会の発表誌が出たら読んでいい句に○印をつけよう。人の句を日常からゆっくり味わえば自分を生み出す力になる。自分なりの資料の整理をしよう。目標を高くしてすぐそこの山を見るのでなく、普遍的なものを求めよう。

選者は佳句をのがす悔いを残してはいけない。選者はいい目、正しい目をもち、川柳を大事にしてほしい。披講は、句が生きるように抑揚を付け、下五をはっきり聞かせるように。

二、郷土福岡の川柳作家のこと

親交のあった泉淳夫、日下部舟可、高木千寿丸、松崎笑三朗、内田小天丸、池田久右衛門などの句をはじめ川柳にまつわる話がきわめて鮮明な記憶にもとづいて語られた。

福岡の川柳グループとしての「速水吟社」「藍」「いずみ」「ラジオ川柳」などの動き。そして、今の「西日本読者文芸」や「ニュース川柳」のこと、いろいろな大会のことを学んだ。

三、秀句鑑賞と川柳句集

加賀田干拓「雨の駅」・上月大輔「灼けた海」・織田正吉「虹色の包帯」・近江砂人句集・露の五郎句集・片岡つとむ句集・石原伯峯「続　森羅万象」・柴田午朗句集・前田雀郎川柳全集・日車句集・「懐かしの雉子朗川柳」・石岡正司「たての糸」・吉田誠一「北上川」・中野懐窓「能面」・川上三太郎「河童満月」・森脇幽香里「きのこ雲」・大矢左近太郎「銀の雨」・新家完司「平成十年」「平成十五年」・時実新子句集・番傘川柳年間秀句・川柳秀作百人集・泉淳夫「平日」・高木千寿丸「俗心平穏」・内田小天丸句集・池田久右衛門「俺の句」・早良葉句集・ユーモアの句・鷹野青鳥「微吟座・微吟」「一人五十句」・「笛　自選十句」

四、俳句に学ぶ

「朝日俳壇」・「俳句朝日」大岡信「折々のうた」・清水貴久彦「病窓歳時記」・江國滋「日本語八つ当たり」・寺山修司「花粉航海」・清水天冬「秋は曲線」・楠本憲吉「眼中の句」

17. 作家紹介

（福岡市文学館No.3／桶脇由利子）

「川柳」と聞けば、毎年恒例となった「サラリーマン川柳」を思い浮かべる方も多いのではないだろうか。思わずクスッと笑ってしまい、その後でちょっとしんみりした哀愁をそそられる。川柳とはユーモアの要素があるものと思われがちだが、本来はそうではない。林さだきさんが川柳を始められた切っ掛けは、三ヶ月の入院、療養生活だった。単調な日々の中で寝ていても楽しめて自分を表現できるものはないだろうか。林さんにとって、それが川柳だった。同じく五・七・五の音を持つ俳句とは違い、川柳には季語がなく口語が主体である。

「俳句は自然に対する感性が必要ですが、自分はどうも自然よりは人間を見る方が向いているようです。人間を詠むのが川柳です」と言われる。

仲直り記念切手を貼っておく

切手を選びながら相手に思いを巡らせている。そんな心の内が伝わってくる。

病気のため早期退職された林さんは、通信講座「川柳入門」受講と同時期に「川柳・楠の会」に参加された。今から十二年前のことである。以来、林さんと川柳との格闘が続いている。人間を詠むにはまず、自分の気持ちの有り様をしっかり掴まなければならない。自己の感性を磨くことも大切だ。それらを五・七・五の言葉だけで表現する技も必要である。テレビや新聞などで気になる言葉や出来事に出会えば、メモを取る。起承転結がはっきりしている四コマ漫画を川柳にして練習したこともある。

「継続は力と思ってやってきましたが、山登りと同じです。やっと頂上に辿り着いてふと見上げると、今までは見えなかったもっと高い峰が目に入ってくる」と笑顔で話される。次つぎに向かうべき目標が現れるのは幸せなことかもしれない。

人間に性善説という重荷　（第十七回NHK学園全国川柳大会特選）

人間を見ることもまた、次つぎに高い峰が目の前に現れるような作業なのだろう。

五年前、市内から現在の場所へ移られた林さんは地域の世話役を引き受け、町の生涯学習ボランティアもしておられる。膠原病をかかえ、体調がすぐれない日もある。それでも進んで他人のお世話をされるのは、人が好きだからこそだろう。

見る人が見ていてくれて荷を担ぐ

誰に見せるためでもなく、周囲の注目を浴びることもない地道な活動である。しかし見ていてくれる人もいる。わかってくれる人はちゃんといるのだ。

現在は奥様とふたり暮らし。「奥様も川柳をなさいますか。」と訊くと、「いいえ、妻は英会話とパソコンです。」と答えられた。

参加しておられる「川柳・楠の会」では毎月、例会を持ち、三ヶ月に一度、会報「くすのき」を発行している。例会では句会も行われ、席題といってその場で決められた題で参加者全員が作句する。すべての作品は参加者全員による互選で点数が付けられ、課題句とともに会報に掲載される。

第四章　川柳作品（二）

5年間続いた初心者向けかすや川柳教室
（写真提供「西日本写真ふくおかＴＯＤＡＹ」）

第四章　川柳作品

うちの子は親を看取ってくれるはず
貝になるもんか憲法生きている
職退いて笑って済ます事が増え
戦争にやらぬ署名は迷わない
メディア同士のどちらが事実歪めたか

避難する順番決めた貧富の差

共稼ぎ失ったものないのかな

肌の色差別を消して行く五輪

紹介は単に勇退という辞職

原油高株も物価も引き摺って

祖母ほどの歌い手はなしヨイトマケ
爪に火を灯した末に詐欺にあう
もう二度と丸太にならぬ九条あり
ケイタイが家族の距離を遠くする
その内に愛国心の講習会

まばたきをたよりに母の心読む

あの踏み絵踏まずに生きていまがある

わがままもヘルパー聞いた顔でいる

暮らし向きよそに改憲だけ叫ぶ

毎日を何度抱き合うあなたの介護

庶民を泣かせて支持率下がり出す

大臣の口にチャックが要らないか

空襲も餓えも知ってる反戦歌

学校に学習塾がある不幸

一部屋に家族集まる灯油高

支持率へ総理はじっと耐えるのみ

給付金口ひん曲げて説く総理

おしゃべりの相棒欲しい高齢者

昭和にはなかった事件多発する

童謡に思い分け合うデイの午後

疑惑突く最後はいつも闇の中
冷え切った夫婦の愛が子を殺す
友が逝き今日から彼の分も生く
親介護持ち回り案立ち消える
アルバムに五七五の詩を添え

諍いの種は境界石の位置

同じ絵を何度描いたら許される

晩節にもう変えられぬ旗の色

聞き役にまわる私の処世術

折り紙に時間の早いデイの午後

敗戦後無神論者になった父
本職に負けぬ介護のボランティア
しあわせはニュース見ながらストレッチ
またしても総理の首が転がって
昔話に生きる意欲を取り戻す

豊かさに家族の絆緩くなる

五種類の薬を飲んで調子いい

丸い背が昔話をしてくれる

年寄りの財布が的になる不況

先頭の旗が樹海に迷い込む

長生きを楽しんでいる紙おむつ

介護プランにまだ健康であり過ぎる

切れ者がいて団体が乱れだし

日帰りのスーツが並ぶ一番機

評判のキャリアが辿る落とし穴

白線がいのちを守るいのちを奪う

仮設住宅からっぽの身に春よ来い

下手すれば戦争ごっこはやり出す

グループに罪の意識が軽くなる

老老介護殺意ゼロとは言い切れぬ

マニュアルに満足して油断する

肝炎の若さ戻らない勝訴

印半天汚れ目立ってきた老舗

捕虜体験父がぽつぽつ喋り出す

八月は一番つらい話する

第五章　川柳作品（三）

東日本大震災の犠牲者を悼んで

「人生としての川柳」著者
木津川計さんのお話
（鶴彬生誕100年記念川柳大会にて）

大阪城公園に建立された鶴彬顕彰銘石「暁をいだいて闇にゐる蕾」の前で

第五章　附録字母

倒壊の家並みに雪が降り注ぐ

訴えるすべない死者は膝抱え

激震に庭に出るぞと妻を呼ぶ

原発の安全神話崩れ落ち

避難所のトイレへ人の足を踏む

勇むよう聞えるニュースの死者の数

わたしだけ助かったんだ苦しいよ

膝に痣たしかに傷がこころにも

ふるさとを捨て避難のいさぎよさ

救助犬いのちの微動見逃さず

いく重にも助け求めて叫び死に
押し寄せる津波丸太が子を救う
大津波もろく崩れる町役場
破壊の極み丸ごと写しだすテレビ
地震過ぎ真昼の光常のもの

マジックの腕に名のある児の遺体

避難所の暮し水無く火も無くて

大地震生死の分れ紙一重

震災死いまだ探せぬ二万人

東電の情報秘匿怒り呼ぶ

第六章 川柳を通じたボランティア活動

愛犬タキを囲んで家族４人

粕屋町ＪＲ原町駅構内コミュニティセンターで
（2008年10月）

1 電話相談に人生を見つめて

はじめに

私が十一年続けてきた電話相談員としてのボランティア体験をお話しします。ボランティアを始めた契機、その活動内容、活動する中で私がどう変わったか、そして、そこで何を学んだかなどをお話ししたいと思います。短い時間の中で言いたいことを皆さんにお伝えできるのかどうか心配ですが、よろしくお願いいします。

最初にお断りしておかないといけないことがあります。

団体名や個々の相談の細かい内容等は、相談員の倫理として、秘密を守り、匿名であることが厳しく求められていますので、申し上げられないことを予めご了承ください。今は、たくさんの団体や行政機関などで、さまざまな電話相談が取り組まれていますが、私がボランティアとして所属している団体は、「ある社会福祉法人が運営する〈いのちを大切にする市民運動としての電話相談〉」ということで、お聞き下さい。

実は、今日、午後から福岡市民会館で行われる「福岡市福祉の町づくり推進大会」で、電話相談のボランティア功労者として、福岡市長の表彰を受けることになっており、この体験発表の日と重なった、その偶然にびっくりしています。

前置きはこれくらいにして、レジメに沿って本題にはいります。

① 電話相談のボランティアを始めた契機

電話相談のボランティアを始めた契機は、四十九歳の時の膠原病という難病告知を受けたことです。それまでの仕事だけの生活を見直し、病気を抱えて少しでも前向きに生きるために、「電話相談」のボランティア活動をすることにしました。

発病した時、身体に脱力感が走り、坂道や階段が登りづらくなり、一寸した段差にも躓くようになりました。膠原病は、自己免疫体の異常で発症すると言われていますが、私の場合、背筋、腹筋、大腰筋などの主な筋力が低下する症状が出ます。最初、病名がわからず、一年近く病院をたらい回しになり、血液検査や生検でやっと病名が判りました。

平成三年秋に、病院で「貴方の病気は、難病なのであせらず気長に治療し、病気と上手につきあって行くことを心がけてください。」と言われました。これまで風邪以外の病気を知らなかった私は、この宣告にとても驚き、落ち込みました。何ごとにも消極的になり、気持ちが後ろ向きになっていく自分に愕然としました。幸い、周囲の励ましで、三か月の療養生活から徐々に立ち直り、職場にも復帰することができました。

難病を抱えても、失ったものを数えるよりも残った物を活かす、前向きな生き方をして、いつまでも生きがいや喜びを見出していきたいと考えました。また、患者の会のお世話をする中で、会員から夜遅く泣きながら電話がかかってきて、どう対応して良いのか途方に暮れる時もありました。私には人の話をじっくり聴く態度ができていないのではないか、もっと人の気持ちが理解でき、痛みを共有出来るように自分が変わらなければ、と思いました。

それで、身体が十分動かなくてもでき、息長く続けられる電話相談のボランティア活動を身につけようと思い立ったわけです。

② 生きにくさを訴える声

十か月間の研修を受けた後、平成六年十二月から電話相談員として、活動を始めました。この研修は、大変勉強になったと同時にショックでもありました。人の相談を受けるには、自分がどんな人間なのかをつかんでいる必要があります。そのため徹底的に自己開示が求められ、思いこんでいた自分とは違う自分に気づかされ、動揺したり、頭に血がのぼったりしたものでした。

電話の内容は、千差万別、一つとして同じ物はありません。それだけに一つひとつの相談に試行錯誤の連続でした。

少しでも慣れや惰性に流されたら、決していい相談相手になれません。

月二回程度、小さな机・椅子と受話器が置いてあるだけのブースに入って、三時間半、電話を取り、生きにくさを訴える声を聴いています。

ここに、昨年十一月十八日付けの日経新聞の切り抜きを持って来ましたが、この後ろ姿の写真は、私です。たまたま当番の日に記者の取材に出会いました。この記事にありますように、最近の相談内容の特徴は、引きこもりを続ける若者からやリストラの不安を訴える中高年の男性からの声が目立ちま

悩み聞き 力与え20年
いじめ・育児不安・リストラ…
41万件、世相を映す

日本経済新聞(2004年11月28日)

す。そして、家族や友人からも相手にされなくなった、鬱病、アルコール依存の方、孤独な方が頻繁に電話してこられます。

眠れないからしばらく付き合ってくださいと長々と離婚のいきさつを話す人、死別した夫の昔の虐待を許せないと訴える女性、作り話のような話をいつも繰り返す人、これらの様々な訴えの辛抱強い聞き手になります。時には、受話器を置くとぐったりすることもあります。ですから、絶えず研修を受け、聴く態度を磨かなければ、とても長続きしません。

私たち相談員は、決して結論を急いだりお説教したりするのではなく、あくまで悩む人の気持ちに寄り添い、受け止めることに集中して応対します。私とのやりとりですぐに問題がどうなる訳でもありません。その人が自分に気づき、自分の努力で解決するほかありません。電話で気持ちが少しでも安定し、現状から抜け出す小さなきっかけになることを願っています。

生き急ぎ縋る電話が夜明けまで

この川柳は、私が作ったのですが、「生き急ぐ」というのは、命を急いで終えるかのように生きるという意味です。もがき苦しんで自殺を念慮している人からもかかってきます。例えば、「リスカ」とか「ＯＤ」という言葉も知りました。「リスカ」は手首自傷で「ＯＤ」は大量服薬という若者が使う言葉です。研修を受け悪戦苦闘の中で、「何でも受け入れる」というスタイルに磨きがかかってきました。私たちは、大きな力ではありませんが、社会が備える優しさの一つとして、悩む声に耳を傾けています。

③ 傾聴することで私も変わる

このように生きにくさを訴える声を聴き続けて、いつの間にか十年になりましたが、私も変わりました。もともとは「電話は短く、要領よく」がモットーでしたが、何よりも辛抱強く人の話を聴く態度が身に付きました。また、自分をより深く見つめ、知ることが出来るようになったと思います。

相談者と接して、いろいろな生き方や考え方を知り、心身の障害を持つ人、お年寄り、孤独な人達の気持ちがより深く理解できるようになりました。私の日常生活での人間関係も聞き上手になり、良くなりました。

私には結婚している二人の娘が居ますが、いつの頃からか二人とも相談相手は父親にと、決めているようです。母親は直ぐ怒ってお説教するから、お父さんの方がいいと言います。これもボランティア活動をしてきたお陰と思います。

病気の方も、加齢による進行とステロイド療法による副作用の不安を抱えていますが、このボランティア活動で生きる力を貰って、発病した当時よりずっと元気になって、普通の生活を送ることができています。

④　最後に、そこで学んだこと

このような電話相談で様々な人生を見つめて思うことは、何はさておいて、年をとっても孤独にならない生活をしなければならないと痛感します。

先日、NHKテレビで千葉県の松戸市の大規模団地を例にして、都会で四十代、五十代の孤独死が多くなってきたと報じていました。リストラや病気をきっかけに家族、親戚や友人から離れ、無気力になり引きこもりになった挙げ句、ゴミだらけの高層住宅の冷たい扉の内側で、異臭を放って孤独死する人が相次いでいます。私の住んでいる人口四万人足らずの町でも、独り暮らしのお年寄りが七五〇人もおられます。

特に、わたしたち男性は、孤独に弱いようです。少子化、高齢化で、夫が妻を看取るケースもあるし、一人で暮らすことも増えてきています。

そういうことを考えますと、男性も炊事、洗濯や掃除などを自分でする自立した暮らしができるようにしておくことと、いつまでも生きがいを持って生きていくことが大事ではないでしょうか。

このことを、年老いてゆく今、自分への戒めにしていることを述べて、私の体験発表を終わらせて頂きます。

（二〇〇五・十一・二　粕屋町高齢者大学生活体験発表）

２「健康づくり川柳」を手伝う

◎「健康川柳」の作り方と楽しみ方（要旨）

二〇〇九年九月十日　東箱崎公民館　教室にて

1. はじめに
2. 川柳とは
　川柳と俳句、川柳と標語の違い
3. 川柳作品の合評と添削、そして推敲

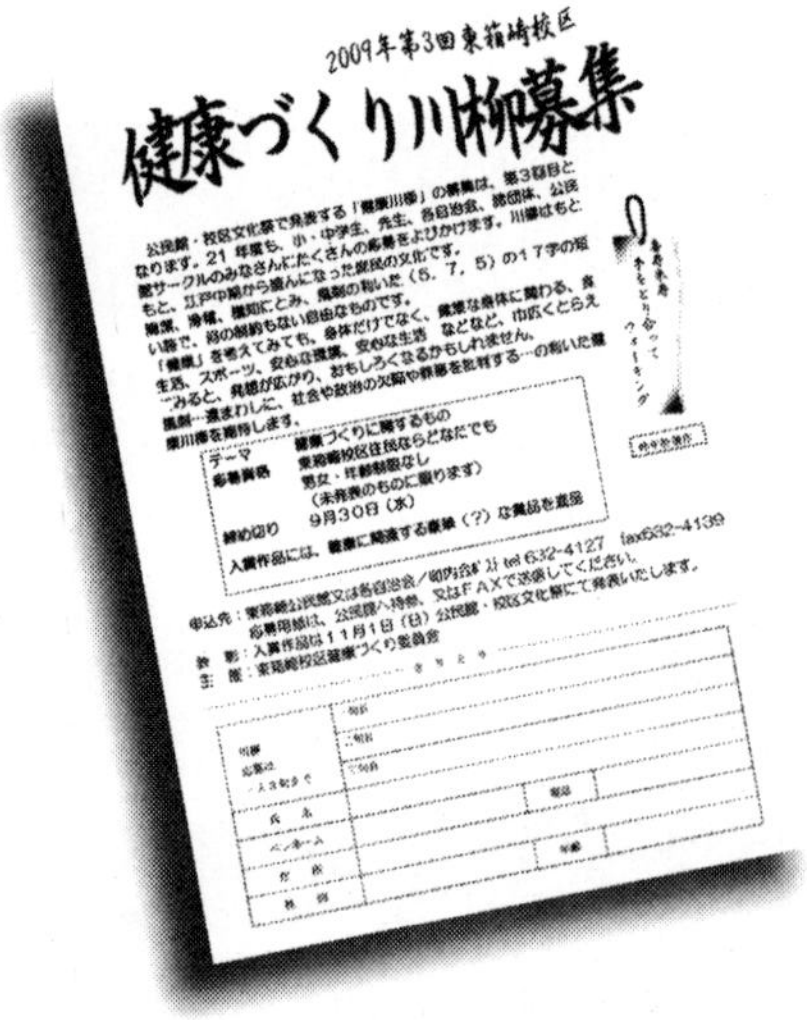

4. 川柳を作る手順は、料理と同じこと

5. みなさんの川柳作品のなかから

夜の街サイフも軽く千鳥足／夜の街友と出会って千鳥足／夜の街同窓会で千鳥足
夜の街家族待たせて千鳥足／夜の街ネオンの星と千鳥足／夜の街美女といっしょに千鳥足
夜の街酔ったふりして千鳥足／夜の街ホラ吹き合って千鳥足／夜の街右も左も千鳥足
夜の街恐さなくなり千鳥足／夜の街ネオンに酔って千鳥足／夜の街ギャルを引き連れ千鳥足
お互いに仕事忘れて共白髪／お互いにウサを晴らして共白髪

皆さん方の場合、健康がテーマですよね。これの場合、最初に辞書を引くんです。それもここに書いてありますように「現代国語例解辞典」、これは小学生が使うような、小学館が出した辞書です。これにはいろいろ載っています。慣用語など、岩波の国語辞典にはちょっとしか載っていないですが、そういった慣用語など、慣用表現。健康というと「健康に優れない、適する、恵まれる」などいろいろありますよね。そういうフレーズになるような辞書です。それと健康に関する類語国語辞典というのがあり、これは角川書店から出ていますけど、今日は持ってきていません。講談社のプラスアルファ文庫から、「逆引き頭引き日本語辞典」というものも出ています。類語辞典は当たり前に買うとして、これは適当に、参考程度に見てください。

この逆引き、「健康」で引くと、案じる、意識する、祈る、祝う、絵にかく、害する、回復する、傷つける、気遣う、こうしてたくさん出てくるんです、そうしてイメージを広げるということです。その中で、自分が体験したことなどを結びつけて句を作る。皆さんの句は少し間口が狭いんですよね。標語的になったり、「健康」がたくさん入れてある。健康を入れない句も作ってみることもいいんじゃないですか？　意外な句ができます。

川柳とはというところですね。ここは正確に覚えていてください。

「一言で説明すると五七五のリズムで、人間を詠み、人情を詠み、人や社会を風刺する口語の詩である。」いわゆる、俳句と比べると、俳句は文語体なんです。一部文語体を使う川柳もありますけど、基本的には話し言葉の口語です。

「俳句とともに世界で一番短い詩形である。川柳の表現は俳句のような文語体でなく口語体で、普通に話しているような言葉でいい。」

そして表現が俳句に比べると自由ということです。

そして一番に人間の喜怒哀楽を詠むということです。喜び、悲しみ、怒り、それからダジャレは江戸の末期に川柳の品格が崩れていくんですけど、その時の流れのままに先入観でダジャレとかを川柳と思っておられる人もおられます。しかし、ダジャレは一時的なお笑いであって、本格的な笑いじゃないということをちょっと頭の隅に置いといてください。

川柳は五七五の十七音リズムです。

川柳は突き詰めていきますと、勝負どころは発想、着想といってもいいんですけれども。川柳用語ではミツケといいます。目の付けどころですね。それと表現。そしてリズム。

この三つが要です。いい川柳はこの三つがきっちりと出ています。

リズムと言いましたけど、中七を中八によくするんですよ。ですが、初心者の時は音字を数えてください。字数じゃなくて音字といいます。これが大事なんですけど、五七五を崩すと、リズムが悪くなって、しまりのない句になるんですよ。

だから五七五をしっかり守るという事を初心者の時はしっかり守って、指を折って数えたほうがいいですね。少し慣れてくると、この上五を七音までは、大会なんかでは認めるのが普通です。ただ初心者のうちからこれをよくすると、あまり良くありません。中七を六にしたり、下五を六にすると座りが悪いんですよ。真ん中の七音と下の五音は必ず守ってください。一応それが作り方の基本です。

初心者の場合、あれもこれも詰め込みすぎるところがあるんですよ。それを用心すること
と、さしあたっては、詰め込みと重なりをなくす、この二つに気を付けてください。
健康ということを体の健康、身体というか心身の健康と辞書には書いてあります。これが
少し、薄れているんですよね。この健康づくりの句に。生きる喜びをどうやった時に感じる
かということを句にしてみると、少しここから抜け出せるんじゃないかなと思います。
例えばここにちょっと、よそで作られたものを持ってきましたけど、

「またあうぞ鏡の顔に元気でな」

これは七十六歳の人の作です。

「ろうそくの燃え尽きるときはかがやかし」

それからこれは七十二歳の人の孫を唱った

「外孫が嫁になるまで長生きだ」

そういう外孫が嫁になるまで長生きしようという、これは広い意味での心の健康をうたった詩になると思います。それから

「明日よりも今日懸命に生きるおい」

これは八十七歳の句です。

「一坪の家庭菜園生きがいに」

この頃、家庭庭園を造る人が多いですね。

「趣味多忙お迎えなんぞよせつけぬ」

生活していくうえで、笑いが、病気の時なんか大事ですけど

「生き上手笑い袋を持ってます」

「不況でも閉じぬ画廊に生きる友」

それから、年をとっても行く先を思うと寝られない時があり、子供は頼りにならないし……と思いながら、考えるといろいろ出てきますが、とにかく

「今日のこと今日におさめて米洗う」

もうあんまり考えまいと……、それから最近、私も顔を少し、鼻毛なんかを用心して、連れ合いに言われて切ることを心がけています。

「丁寧に洗う百まで生きる顔」

若い時は、さらっと洗ったか、洗わないかでもすみましたけど、今はどうかしたら目ヤニがたまったり、鼻くそが出てきたりしますから。やっぱり丁寧に洗うようになりましたね。百までは難しいでしょうけど。

そういうことで生きるというか、健康という言葉を入れず自分の生きる楽しみ、喜びを句にされると少し深みが増してきます。
それでは皆さん、経験は十分にお待ちなので、それを句にする努力をしてみてはどうかと思います。

◉平成二十二年　健康づくり川柳　入賞作品

「特賞」

（成　人）記念日のデートは仲良く健診に　岡田千賀子（貝塚団地）

（中学生）喰わぬなら喰わせてみせよベジタブル　篠原　真（ガーデンシティ）

（小学生）きもちいいみんなで遊んだ後の汗　本多　沙耶（貝塚団地）

「佳作」

（成　人）散歩道萩の露よけ歩く朝　金子　満子（ガーデンシティ）

笑い声心のうさをはじきだす　山本紀美子（ガーデンシティ）

（中学生）バリアフリー道も心も段差なし　竹内　晴香（ガーデンシティ）

食卓を囲む笑顔で健康に　稲森有貴子（ガーデンシティ）

毎日の元気のみなもと朝ご飯　深野沙椰香（高須磨町）
（小学生）　バイ菌は手洗いうがいでやっつける　岩永　明樹（ガーデンシティ）

3 介護現場での「聞き書き」活動に取り組んで

●なぜ「聞き書き」を

「人には皆それぞれの人生があり、歳を経て自分の人生を振り返った時、運命とはいえそこには誰のものでもない自分だけの人生を思い出すことになります。心の中に刻まれた思い出を語ることで自分を見つめ直し、心が安らいで生への気力が湧いてくる例は多いのです。今「傾聴」というボランティア活動が盛んなのは、お年寄りの心を元気にするお手伝いということですが、聞いたお話が文字になり、それを繰り返し読むことでの効果は一段と大きなものになります。」（パンフレット「聞き書き」日本聞き書きボランティア協議会編）

私はデイサービス「ぬくもり」で生活相談員ないし介助ボランティアとして、利用者と関わって四年になります。三年前から午後三時の「おやつの時間」のあと一時間足らずの聞き書きの時間を随時組み込んで貰ってきました。そこでは、テーマを決めそれなりの資料を用意して、座談会形式か一対一の対面かで、聞き書き活動に取り組んでいます。

聞き書きに取り組む理由は、

① 人生を振り返り再評価する過程に価値がある。

② 余り活動的でなくなっている人々に、過去のとてもいきいきとしていた頃の話題を提供する。

③ グループで行う回想は社交的な活動であり、それをとおして他者の話に耳を傾けたり、みんなの前で話をしたりする技術を取り戻す。

2009年（平成21年）6月13日（土曜日）
読売新聞

お年寄り元気づけ 安否確認・話し相手

粕屋・林貞樹さん 川柳教室代表がボランティア

いきいき人

デイサービスセンター利用者たちとコミュニケーションを深める林さん

粕屋町仲原の林貞樹さん(67)は、川柳教室「かすや川柳会」の代表を務める傍ら、町内のボランティアセンターで活動している「しおんの会」に所属して、独り身のお年寄りに安否確認の連絡を取ったり、デイサービスセンター「ぬくもり」の相談員をしたりして、福祉活動にも積極的に携わっている。

林さんは、これまで福岡市内で公民館主事や社会教育主事、読書相談員などを経験。0年に脳梗塞を患ったことがきっかけで、川柳を始め、患者の悩みや命の大切さなどについても考えるようになり、「全国脳卒中友の会福岡支部」事務局長や「福岡いのちの電話」相談員を務めた。「そのころに培った経験が今に生きている」と振り返る。

デイサービスセンター「ぬくもり」には相談員の仕事とは別に、週に数回ボランティアとして訪れ、利用者たちとレクリエーションや談話、散歩などを通してコミュニケーションを深めている。談話は昔話が中心で、みんなでひざを交えて語り合う。「口数の少ない人もよくしゃべり、よく笑ってくれる。表情が生き生きしだすんです」。利用者との日常会話から趣味や興味、関心のあることなどを聞き出し、共通の話題を探しているという。

ある日は、粕屋郡内の炭鉱をテーマに話が進められた。利用者の中には炭鉱労働者もおり、資料や写真を見ながら、当時の様子を懐かしそうに振り返り、会話を弾ませていた。

林さんは「これまでの会話を録音したテープをおこして冊子を作り、利用者たちに配りたい。認知症のお年寄りなどは過去を振り返ることで、脳の活性化にもつながるのでは」と期待していた。

読売新聞コミュニティ紙（2009年6月13日）

④ 高齢になっても忘れられることの少ない遠い昔の記憶を引き出す。
⑤ その活動はたいてい楽しく、高齢者とその介護者を元気にさせることが多い。
⑥ 認知症であったり身体的に虚弱だったりする高齢者を聞き書きをとおして、相手の〈真実の姿〉を見て、大人としての人格を見直す機会をもつことが出来ます。

1. 聞き書きで綴る「家族への短い手紙」

思い出に生きる意欲を取り戻す（川柳）

○娘へ
あなたは、従妹の子ですが、とてもよくしてくれるので、感謝しています。これからも楽しく、仲良く暮らしていきたいです。
井上　鈴子・九十四歳

○亡き夫へ
あなたが亡くなったのは、昭和五十二年、五十二歳でした。不治の病でした。今なら治る病気ではなかったか、と悔やまれます。医者も本当の事を言ってくれなかったのが、とても残念でなりません。

戸田喜代子・八十一歳

○夫へ

真面目すぎるほどの夫と中洲の屋台で、焼鳥やおでんをやっていた頃が懐かしかあ。

吹田　康代

○夫へ

いつも色々ありがとう。見合い結婚でしたが、とてもやさしい夫です。あなたには気兼ねなく、安心できます。それが一番嬉しいです。

石崎トシ子・八十六歳

○ぬくもりのみなさんへ

足が痛くて皆に迷惑をかけるので、「ぬくもり」に来たくない。そうなると、寂しい。皆に心配かけて申し訳ないと思う。

女性・八十九歳

○亡き息子へ
後継ぎがいなくなって、とても淋しい。でも娘たちがよくしてくれて楽しく暮らしています。また天国で逢いたいね。

福江カズコ・八十六歳

○亡き夫へ
農家はゲズの木に登るように大変と言われて、昭和十五年十一月に農家のあなたのところに嫁いできました。あれから六十七年経ちました。

女性・八十八歳

○兄さんへ
にいさんは、昭和の始めに松山商業高校が、初めて甲子園に出て優勝した時の選手でしたね。街中で祝って私も提灯行列に参加したことが、忘れられません。

女性・八十四歳

○亡き夫へ
「お母さん、お父さんと結婚してとてもよかったネ」と息子が言う。夫が亡くなって十六年になる今でも、お父さん、本当にありがとう。

女性・八十二歳

○「ぬくもり」の皆さんへ
「ぬくもり」にくると、家族に会ったような楽しい気分になれます。これからもよろしくね。
関　ヨシエ・九十一歳

○亡き父母へ
私の父母は、内地で結婚して台湾に渡りました。でも戦争が激しくなり、終戦の翌年にアメリカ軍のリバティに乗って、ようやく日本に引き揚げてきました。

女性・八十四歳

○亡き母へ
私は六人兄妹で母はしつけに厳しい人でした。食料品の配給所をしながら、大事に育ててくれました。本当にありがとう。

杉野千代子・八十四歳

2. Nさん（男性・七十八歳）からの聞き取り・聞き書きによる自分史づくり

Nさんは旧国鉄で補修士を勤め、その後志免鉱業所（炭坑）に移って退職されています。デイサービスのある日、須恵町の皿山公園に散歩に出かけた時、D51の機関車の前でかれは動かなくなりました。そして国鉄時代に蒸気機関車の補修・点検に携われていたことをいきいきと話し始めました。デイにもどってからも写真集「ドラフトは響く」や汽車の雑誌などを活用して、座談形式で話し合ったら、次々と記憶がよみがえってきました。Nさんの生活史を「私の機関車人生」と題して系統的に聞き取りテープにする作業を行うことにしました。

これらのことを通して、うつむき加減で表情も言葉も乏しかったNさんがいきいきと活性化してきました。また、この取り組みは他の利用者にも影響を与えました。機関車にまつわる思い出や質問がNさんに投げかけられます。他の利用者も自分の過去のことが話したくなってきました。そして、実に様々な話が出てきてヘルパーさん達も一緒になってにぎわいました。

平成十九年十月十五、二十二、二十九日にNさんを囲んで座談会形式で聞き書きを行い、別の日に私と対面でまとめをしました。

その主な内容は、写真集「ドラフトは響く」「九州の蒸気機関車」「蒸気機関車の仕組み」及び「志免鉱業所遺跡調査報告書」などのコピーを資料として配布して、Nさんに質問を投げかけ思い出をたぐってもらいました。他の利用者やヘルパーさん、そして進行役のわたしも楽しく話し合いました。

Nさんには、何歳から国鉄に入られたか。どんな仕事をされたか。蒸気機関車の機能・部品の名称・しくみとはたらき。車体の記号や数字の意味などと合わせて、生まれ故郷の出水の町や仕事場の鹿児島機関区のこと、ご家族との暮しの様子などをだしてもらいました。メンバーからも蒸気機関車に乗ったときの煤のこと、芋や弁当を温めた体験、ボックスの客席での旅の思い出話などで盛り上がりました。

3. 座談会形式による聞き書き活動の事例

① 戦争体験や戦争中の暮しのこと

Yさんは中国の戦地に行き南方での玉砕をすんでのところで免れ命びろいをして帰還しま

した。だから、デイでは戦地体験の話ばかりを飽きることなくされます。男性の利用者は、ほとんどが戦争の話になるともちきりです。

暮しの手帖編集部編「戦争中の暮しの記録」には、写真やイラストでくわしく当時の暮しの道具、教科書、配給食品、疎開や空襲のこと、飢え、心の隅に残る恥の記憶などが載っており、女性の耐乏や辛さがたくさん出されました。

思い出話熱心に『傾聴』

お年寄りの元気引き出す

デイサービスでボランティア 聞き書き 小冊子に

粕屋町の林さん

粕屋町仲原のデイサービスセンター「ぬくもり」で、お年寄りが語る思い出や家族の話を聞き書きするボランティアに取り組む林貞樹さん(67)＝同町仲原＝が、これまでの話を小冊子にまとめた。自らの活動を「傾聴」と呼ぶ林さん。「多くのお年寄りに耳を傾け、元気にしていきたい」と話している。

福岡市の公民館主事だった林さんは約25年前、高齢者学級で参加者の明治、大正時代の思い出話を聞き書きして冊子を作った。これが好評で学級の人数が倍増。「聞き書きはお年寄りを元気にする」と確信し、市教委退職後、3年半前から「ぬくもり」でのボランティアを始めた。

多いときで週3回、午後3時のおやつの時間に、数人のお年寄りとの会話をテープで録音したり、一対一でじっくりと聞き入りメモに取ったり。

2月のある日の話題は「兄弟姉妹の思い出」がテーマで、林さんの問い掛けに答えながら参加者たちは「貧しかったけれど仲が良かった」「兄は師範学校に行った」などと語り合った。話は兄弟から家族、職業、戦争体験へと広がっていった。

小冊子にしたのは、記録した中の一部で15人分。「あんた(妻)が亡くなって12年。スタイルが良くて優しかった亭主。また逢いたいよ」(78歳男性)「後継ぎ(亡き息子)がいなくなって、さびしい。でも、娘たちがよくしてくれて楽しく暮らしています。また天国で(息子に)逢いたいね」(86歳女性)。「家族への短い手紙」と題した16ページの冊子には、老いても変わらぬ肉親への愛情が詰まっている。

3日には「ぬくもり」に通うお年寄りに冊子を配った林さん。「人生で一番元気で輝いたころを思い出すことで、生きる意欲が沸く手助けになれば」と話していた。

デイサービスのお年寄りから話を聞く林さん(奥右)

西日本新聞(2010年2月6日)

② 「父からの便り」

満州から家族へ宛てた二三二通の軍事郵便は、ふくし生協理事の植田さんからいただいた冊子です。そこには、写真やイラストとともに検閲という制約の中で、戦地のお父さんの家族への精一杯の愛情が伝わってきて、胸をうちました。

戦争は、戦地に赴く夫はもちろんのこと銃後の妻や子ども達にも容赦なく犠牲を強いることを学びました。

③「暮れ・正月」の年中行事を思い出そう

正月といえば、子どものころは、下着から履き物から全部新しいものを買ってもらい、それが楽しみでした。正月が近づいてくる暮れの行事ももちつきや掃除などわくわくしながら、手伝いました。春日市郷土史研究会が発行した「むかしの生活誌　春日区編」を参考にしながら、話し合いました。

暮れには、正月用の門松を山に採りに行きました。栗アイバシといって、栗の枝で家族分だけの箸を雑煮用として、また来客用として作ります。注連縄も各戸で作ります。そして神棚、荒神様、床の間、井戸、牛馬小屋にもシメカザリをしました。正月餅は十二月二十九日は避けて搗きます。九は苦に通じるからだといいます。クレノモンとして親戚や懇意なところは、新春鮭を贈ります。大晦日は各家で運ソバを打ちました。元日。お雑煮を食べてお宮に初詣りをします。その際、神様の数だけオカサネとオヒネリを持参してお供えします。年始まわりは家長がします。元日は家の掃除はしません。二日。シゾメといって早朝に縄のナイゾメをして初風呂に入ります。この日、子どもは書き初めをします。お正月遊びも男、女別々に有り、楽しく外で遊びました。

④ 志免鉱業所の遺構をたずねる

糟屋郡内には、昭和三十年代なかばの炭坑閉山以前にはたくさんの炭坑が点在しており、その中心拠点が志免鉱業所でした。利用者にはそこで働いていたり、住んでいた人がかなりおられます。志免町の文化財担当が時間を掛けて調査した「志免鉱業所遺跡調査報告書」をコピーして配布し、聞き書きをしたり、平成二十一年五月十一日に、志免役場の文化財担当者から現地の説明をして貰いました。

⑤ エンディングノートを書こう

人生全般やいざという時の備えにエンディングノートを書く人が増えています。生活様式の変化や核家族化・高齢化の影響でしょうか。主婦の友社発行の「幸せのエンディングノート」の様式・用紙を希望者に配布するととても好評でした。

4．良質ないい聞き書きをするには

●「よい聞き手」になろう

①話し手の言葉に、無条件に、耳を傾ける。
②話し手の言葉の背後に潜む「思い」を理解するように努める。
③話し手が話しやすいように、ときには話を整理、明確化する。
④話し手の肯定的な側面にさりげなく言及し、話し手の自己評価が高まるように援助する。
⑤言葉以外のメッセージにも注意を向け、表情、身ぶりなどで相手に対する温かい思いを伝える。

●やってはいけないこと

①話したくない人に無理強いをする。
②指示、命令、お説教をする。

③批判する、誤りを指摘する。
④ほめすぎる、わざとらしく同情する。

●介護スタッフへの効果

①自然に高齢者との会話がはずみ、コミュニケーションが促進される。
②非常に貴重な体験をすることになり、スタッフ同士の理解も深まる。
③一人ひとりの個性や人生史を知ることによって、敬意が深まり、きめ細かい心理的な個別ケアが可能になる。

矢部久美子著「回想法」(河出書房新社刊)参照
福岡県自治体問題研究所報「福岡の暮らしと自治」第三八八号・2010年4月15日発行より

4 九州朝日放送KBCラジオ ブギウギラジオ「あなたに伝えたいこと」生出演

アナ　粕屋町にあるデイケアセンター「ぬくもり」で、お年寄りが語る家族の話をまず聞いてあげる、それを書き取るというボランティア活動を行ってらっしゃる方がいるんだそうです。傾けて聴くと書いて「傾聴」というボランティア活動なんだそうですが、詳しいお話を、その傾聴をしている林さんにお電話でお伺いをしたいと思います。林さん、おはようございます。

林　「おはようございます。」

アナ　朝早くからよろしくお願いします。この傾聴というボランティアなんですが、まずお年寄りにどんないいことが起きるんでしょうか?

林　「そうですね、傾聴というのは、悩みやさみしさを抱える人に耳を傾けるということですけど、そのありのままの姿を否定することなく、共感的に受けとめるということです。そうすることで相手の孤独感を和らげたり、生きる元気、活力を持ってもらうことを目指している活動です。」

アナ　なるほどねぇ。

林　「お年寄りは、今のことはすぐ忘れられますけど、やっぱり孤独になりがちですから、昔のことを思い出して生きる活力を取り戻す活動ということで、難しい言葉で言うと、回想法と言って、医療や福祉の現場で広く展開されています。」

アナ　僕らは仕事上、喋らなきゃいけない仕事なんで、何を喋ろうかとネタばっかり探してねぇ。いざ喋っても、誰も聞いてくれなくなるとやっぱりねぇ。いろんなストレスがたまるんでしょうね。で、ひとりで呟いていてもね、聞いてもらえる、聞いてくれる人がいるということは非常に大切なことなんでしょうね。

林　「そうですね、それでお互いに聞くことで、忘れていたことを思い出す、刺激になるんですね。」

アナ　あ、じゃあ何人かで？

林　「はい、座談会形式で、利用者の方、五、六人や七、八人で一応テーマを設けて聞き書きをしているんですよ。」

アナ　じゃあ、おばあちゃんが三、四人集まったら、人生の中で一番よか男みたいなテーマにすると、やっぱり女学生のころにとか言ってどんどん連鎖反応が起きてくるんですね。

林　「連鎖反応が広がっていくんですよ。」

アナ　はぁー！

女性アナ　ふーん、他にはどんなテーマがあるんですか？

林　「だいたい今の八十代、九十代の方は戦争体験が…。例えば二度招集されていたとか、そういう世代ですから。戦争体験とか、戦争中の暮らしとか、昔は年中行事がきちんと行われていたわけですけれども、暮れとかお正月の年中行事ですね。それとか、ここ粕屋町は竪坑の町ですので、志免鉱業所といって、この頃、国の重要文化財になった竪坑がありますけど、そういうなんかで炭鉱に関連したお話や生活を話すことはたくさん出てきます。」

女性アナ　へぇー、土地柄ですねぇ。

アナ　なるほどねぇ。聞いてる方も、僕も亡くなった祖父や祖母のお話をよく聞いてすごくためになったり、そういう時代があったんだと、こっちも良い話聞けたなということはよくありましたけれども、この傾聴というボランティアを始めて三年半になるということですけれども、このデイケアセンターのぬくもりさんではどのくらいの頻度で傾聴をしてらっしゃるんですか?

林　「だいたい、多い時は週に三回くらいですけれども、まあ個人で信頼関係ができているからですね、そういう中で、時には一対一で会ったり、あるいはテーマを決めて座談形式で、おやつの時間が三時頃からなんですけど、三時過ぎから、お帰りになる四時十五分くらいまでの時間を利用してやっているんですよ。」

アナ　一度に三十分、四十分、会話をテープに録音されたりすることもある。

林　「そうですね、自分史的な、ひとりの人に焦点を当てて、四時間くらいテープを録ったこともあります。志免の鉱業所の資料を、あるいは遺跡調査報告というのが志免の役場から出ているんですよ。それにいろいろ写真が載っているんですよ。ボタ山での思い出とか、炭鉱住宅の思い出とかをすると、どんどん広がって、本当によく覚えておられます。」

アナ　僕もおじいちゃんに自分史を書いたらと勧めたことがあるんですけど、もう八十、九十歳になったら(笑)、もうね、そんな力はないと、ややこしいし、目も悪いしなとなってくるんですよ。そっか、テープで録るという手があったですね。メモを取っていって、だから逆にゴーストライターじゃないですけど、いろいろ話を聞いていくうちにその人の歴史がどんどん浮かび上がってくるということですよね。

林　「一緒にですね、寄り添うようにして耳を傾けて、その人の人生の本当に輝いていた時期ですね。それがどこにあるかというのを焦らずに一緒に話し合いながら、聞いていこうと。」

アナ　聞いて、書いていくわけですね。で、このデイケア「ぬくもり」でのお話を元に冊子も作られたそうで、「聞き書き　家族への短い手紙」と題した、十六ページの小冊子、二月三日に、このデイケアセンター「ぬくもり」の皆さんに配られたそうですけれども、ちょっとだけでもかまいませんので、どんな内容なのか教えていただけませんか？

林　「じゃあ、二、三人ちょっとご紹介しましょうかね。それぞれ、手紙は味わいの深い人生が語られているんですけども読んでいるとつい涙腺が緩んでしまうんです。一人は七十八歳

の男性の方で、亡くなられた奥さんへ

天国の幸子へ

あんたが亡くなって十二年。とてもスタイルが良くて優しかった幸子。また逢いたいよ。

とても切ない手紙です。それから、二番目は、これは九十三歳の男の方です。

亡き父へ

私が六年生の卒業式の前日、四十五歳で亡くなった父。さぞ無念だったでしょう。私が奄美大島を出て大阪の叔父を頼って仕事探しに、一人で出てきたのは十二歳の時でした。

という文章なんですよ。この短い文章の背後には十二歳で何にもわからなくて、奄美大島から大阪に出た、厳しい人生というのを想像したりしますよね。」

アナ　それぞれ背景もありますしね。

林　「それから戦後の、昭和の激動期に三人の娘さんを夢中になって育てたという、女の人の手紙をちょっと読んでみましょうかね。」

アナ　八十六歳の女性?

林　「はい、そうです。この人は

娘たちへ

夫がよかもん好きで放蕩息子だったので、私は女手ひとつで誰に頼ることなく、精米所を始め、迷いに迷って鉛筆をころがして、行く手を決めたこともありました。自分ながらようがんばってきたな、と思います。

昭和の激動期に三人の娘を育て上げられたという母の手紙です。実はこの人の、デイサービスの連絡帳でこの文章を読んだ娘さんが……。」

アナ あ、この方の娘さんですか?

林 「連絡帳に書いてあったんですけど、母の人生をこんなに詳しく知らなかったと。」

アナ やっぱりね!

林 「手紙を読んで、涙が止まらなかったと書いてあるんですよ。」

アナ なるほどねぇ。

林 「だから本当に、娘さんでも詳しく知らない、人生の一端が、この短い手紙に込められていたんですね。」

アナ ですね。なんかこう、日本人らしさということもあるんだと思うんですけども、おそらく欧米だったら、パパとママはこうやって愛をもって育てたから、君はこうやって立派な人間になるんだよって、ずっと年中言っているイメージなんですけども、昔の日本人のお父さん、お母さんはぐっと辛いことも言わず、見せずに堪えて……。

林 「耐えて、何の見返りもなく一生懸命働いてこられたんですね。」

アナ 息子さん、娘さんたちも自分が若い時にはそれに気付かずにね。まあ、年を重ねていって気づくことというのはたくさんあるわけですね。実際、傾聴というボランティアは多い時は週三回行っていらっしゃるという林さんなんですけども、林さんご自身が今、お幾つですか？

林　「六十八歳になったばかりです。」

アナ　六十八歳で、まあ、でもこういう八十歳、九十歳の方といろいろお話しして聞いたりしていると、やっぱり人生の重みという感じがするでしょ？

林　「やっぱりそうですね。その人たちに教えられることも多いし、なんか自分の親も含めて、あの時の父親の声が何だったのかというのが、今頃になってわかる時があります。」

アナ　林さん自身も大病を患われたり、なかなか、そうめちゃめちゃ元気なわけではないというなか！

林　「そういう共通点がですね、お年寄りの気持ちをよりよく解るようにしているような気もしますね。」

アナ　そういうきっかけがやっぱり神様から与えられたのかもしれませんね。

女性アナ　そうですねぇ。

アナ　この傾聴について、林さん、最後に一言お願いします。

林　「やっぱりさっきも言ったように、若い人に、皆さんにお願いしたいことは、親がどう生きて来たかという事を聞くという事を、大事にしてほしいと思いますね。親が亡くなってからでは遅いわけですから、やっぱり親と向き合って話を聞きだすという事は、広い意味での親への新しい発見や共感を見つけることになりますし、命の継承ともいえると思うんですよ。そういう意味でやっぱり親とよく話し合う事も大事にしてほしいと思います。今のお年寄りには、今の穏やかな日々を心置きなく楽しんでいただきたいなと心から念じています。」

アナ　本当にこの百年くらいで日本は豊かになったし、生活も全く違うものになってますし、物も溢れるようになったと、この傾聴は、この辺でお年寄り、そういう時代を作ってくださった皆さんに恩返しをできる一つのボランティアだと思いますね。

林　「私は川柳を十数年やっているんですけど、その聞き書きに寄せて、ちょっと拙い川柳を二、三句ご披露したいと思います。」

アナ　はい、わかりました(笑)

林　「**昔話に生きる意欲を取り戻す**

いとしさをこらえ短い手紙読む

デイケアではよく童謡を歌うんですけど

童謡に思い分けあうデイの午後

というのを作ったりしました。」

アナ　ありがとうございます。なんかねぇ、自分の血のつながりのあるおじいちゃん、おばあちゃんや両親とかにもなかなか聞けないことを、林さんはこうやってボランティアで聞き書きをされて記録に残している……。粕屋町の「ぬくもり」の皆さんは幸せですよね。

林　『ぬくもり』というのは、高齢者福祉事業団というふくし生協という所の傘下なんですけども、家の近くにあるもんですから、よく訪れて、気軽に話し合っています。

アナ　林さんと一緒にやってみたいという方

も、ぜひ林さんの後について、傾聴という活動をドンドン広げていっていただきたいですね。

林　「あんまり構えずに、気軽にできる活動として息長くやっていただくといいと思いますね。」

アナ　この時間、デイケアセンター「ぬくもり」粕屋町で、ボランティア、傾聴を続けていらっしゃる林さんにお話をうかがいました。どうも朝早くにありがとうございました。失礼します。

川柳もご披露いただいて、女性アナは、涙腺が緩むというか開きっぱなしで(笑)

女性アナ　なんかね、本当に親の世代は健気ですね。

アナ　そうなんですよ、なというか、立派な社会人にしなきゃいけないということで自らの生活を犠牲にしてね、子どもを育ててくれていた世代ほど、なんかこう、無理を言わないし、

女性アナ　言わないですよねぇ。

アナ　どんだけ泣いてるんですか！　今度はそれにちゃんと気づいて、若い世代が、身内とか関係なく、この日本を築き上げてくれた人たちに恩返しをする番でございます。林さん、本当にありがとうございました。

(平成二十二年二月二十六日午前十時より)

5 かすや川柳会

作品展・合同句集第三集

◇展示作品一覧（順不同）

色紙

風のページにつば広帽子あそばせる　長井すみ子
胸さわぎしたと鯰が後で言う　瀬海　与一
韓流のキャストが招く旅プラン　瀧本　章志
病葉の話し相手に風が舞う　豊田　愛
一木一草うそはつかない四季の花　豊田　愛

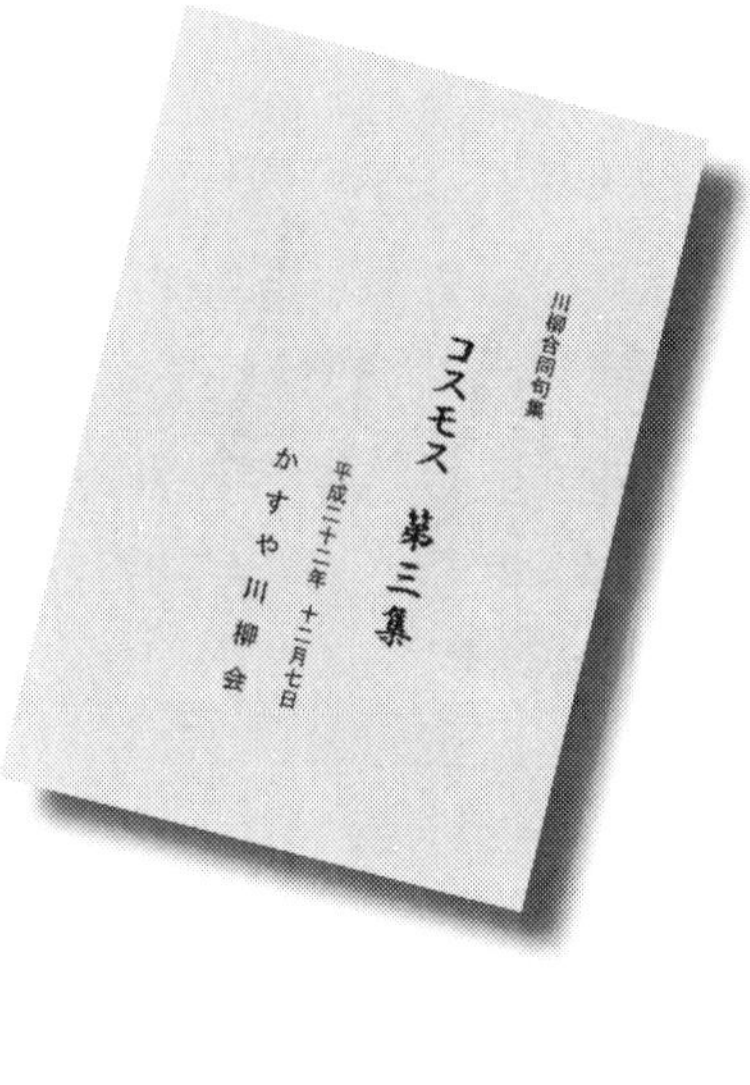

竿灯の妙技たのしむエトランゼ　松永　節子
同窓会グルメに惹かれ参加する　林　さだき
祖母ほどの歌い手はなしヨイトマケ　河野　成子
あなたと私混ぜて割ったらレモンティ　平城千代子
再会へ昔の棘は抜いておく　高杢ふさの
陽が沈む優しい便り未だ着かぬ　今林　藤夫
ひとり坂今日も追い風向かい風　今林　藤夫
ほどほどに生きほどほどの恋をする　安井　秀子
この道を選べば辛いでも進む　安井　秀子
ラッピング解かれ花束踊りだす　楢原とよおき
車椅子胸につけてる赤い羽根　楢原とよおき
衣替え防虫臭が街をゆく　岩本八重子
猫舌の父に似ている子ども達　岩本八重子
都会っ子訛りの友に四苦八苦　下村ヨシ子
八月の思いたなびく日章旗

短　冊

萩を詠む萩揺れて見せ散って見せ　長井すみ子
暑がりも寒がりも居る扇風機　瀬海　与一
バラ百本君の心が知りたくて　河野　成子
進むべき道違えたる十四才　平城千代子
少しだけ娘の愛にふれた朝　八尋よし恵
摩天楼沈む夕日の額となり　八尋よし恵
母ひとり残して帰る蝉しぐれ　高杢ふさの
毎日を何度抱き合うあなたの介護　林　さだき
夏祭り派手な帯締め踊る母　瀧本　章志
腰曲げて老々介護わが身にも　下村ヨシ子

◇林さだき師　川柳塔同人　祝吟

祝同人塔に勝関青い雲　千代子

同人へ枯れた味出す貞樹さん　弘道
熱き人さだき師光る祝同人　とよおき
塔同人念願叶いおめでとう　節子
優しさで気持ちの介護聞き上手　章志
本物の空へ向って伸ばす塔　すみ子
川柳塔人柄冴える花が咲く　愛
素晴らしい師との出会いを有り難う　秀子
かすやの灯守る川柳塔さだき　成子
祝同人粕屋の風を変えてゆく　藤夫
祝同人静かに燃ゆる名吟人　よし恵
同人の誇りかすやの風変える　ふさの
祝同人輝く星が又一つ　さくら
頑張って答えを出したさだきさん　まどか
福岡に川柳塔の旗揚げ　さだき

（「川柳かすや」平成二十二年九月号）

6 かすや川柳教室

かすや川柳教室

第十回　平成十七年五月二十六日(木)

「働く」の合評

郵便を配って働くバイク胼胝　　弘道

参考 見付はいいが、中八と重複

郵便を配って九年バイク胼胝

働きを止めた時計も捨てられず　　弘道

参考「も」の意味が不明

働きを止めても時計捨てられず

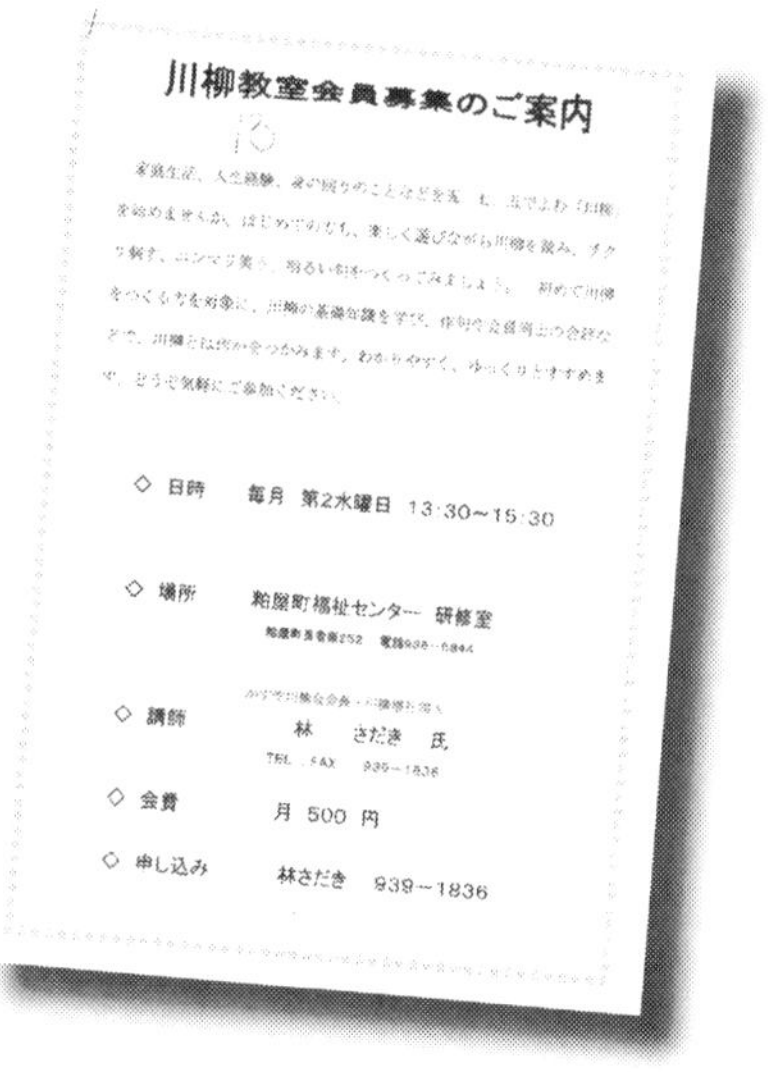

花束で働く場所が消えていく　　章志

参考 花束で働く場所を押し出され

働くね誘ってくれたがボランティア　　章志

参考 働けと誘ってくれたが無報酬

ネクタイ売り場へ働き蜂が寄ってくる　　さだき

稼がねばならない服だよく洗う　　さだき

いままで学んだことの反省のうえにたって上達のコツをつかもう

「川柳の料理法の秘訣」を読む

詰め込まない、むりな表現をしない、ヤマ場をつくる、プラス思考で詠む、リズムを整える、入れ替えてみる、などの技法を句をみながら考えましょう。

◎添削コーナー

働いたセブンイレブン夢灯す　　弘道

働いたセブンイレブン忘れない

原句は句意が少しあいまい、固有名詞は必要か。

年金は働き詰めのボーナスか　　章志

年金は働き詰めの見返りか

句意が不明なので「見返り」としたが

かすや川柳教室

第五十三回平成二十二年十二月八日(水)

前回は人生を詠む・老いるを課題に詠みました。

「人生を詠む」の鑑賞

川柳練習帳より

「人生を詠む・老いる」

秋の中象も一日ずつ老いる　夢草
三つ聞いて二つ忘れて老い進む　まごし
あれこれと謎々遊び多くなる　松美
時代劇見ながらそっと老いてゆく　幸夫
老いて子に叱られながらEメール　紀子
たこ焼きもメニューのひとつ老いひとり　けい
還暦の祝いはしない長寿村　真治
バスに揺れながらゆっくり老いてゆく　大雪
ファミレスの食後はお茶よ水はダメ　弘道
嬉しいな老いの身飾る赤い羽根　弘道
おいそれと応えられない手と足が　章志
住み慣れた居間の敷居が高くなる　章志
メモ帳の置き場をメモる備忘録　とよおき
鏡には皺しわしわの顔覗く　とよおき

「人生を詠む・遊ぶ」

教科書にない遊び方教えます　信子
子は塾へママさんバレー勝ち進む　紫拘
健康なテニスボールの音がする　海
パチンコに負け丹念に手を洗う
良く遊び少し学んで元気です　重光
海原で憂さも晴らした鯛も釣る　章志
ホリデーは子供をダシに競馬場　章志
遊びから見つけた僕の処世術　さだき
父と遊んだ記憶などなし父の忌　さだき
老いてなお赤提灯と切れぬ縁　とよおき
ハンドルの遊びに倣う気の余裕　とよおき

あの頃の遊び花咲くクラス会　弘　道
カラオケを五年習って音はずす　弘　道
ケータイの絵文字で遊ぶ老眼鏡　よし恵
境内は悪ガキ達の夢の跡　よし恵

最終回となった十二月八日は、「人生を詠む」です。

この度諸般の事情から、五年間続けてきた「かすや川柳教室」を閉じることになりました。最後まで頑張ってこられた皆さんに、感謝します。この教室での学習を契機に一層飛躍されるように念じています。

この教室への思いや反省点、叱声など六百字以内にまとめて、ご提出ください。よろしくお願い申し上げます。

2010年（平成22年）8月15日　日曜日　ふくおかTODAY

川柳の基礎を学ぶ

「かすや川柳教室」粕屋町

福祉センター（粕屋郡粕屋町大字長者原252）の1階研修室で毎月第2水曜日の13時30分から、「かすや川柳教室」が行われています。この教室は、かすや川柳会会長の林さだきさんが、川柳のすそ野を広げ更なる普及に力を入れたいとの思いから5年前にスタートした川柳の基礎知識を学ぶ初心者向けの教室です。先日8月2日に行われた教室では女性2人、男性4人が参加し、それぞれが「人生を詠む・生きる」というテーマで作った作品を発表し合評を行いました。林会長は作句法について「人間好きになる事、何事にも関心を持つ事が大切」と話していました。教室発足当初から通う坂名弘道さんは「親切丁寧に基本を教えていただけるので、毎回一度自分をクリアーして基本に戻れるのがいいですね」と語っていました。同教室で半年から1年ほど基本を学び、かすや川柳会に入会する人が多いそうですが時折、同会のベテランの会員も坂名さんと同じ理由で同教室に参加する事もあるそうです。この日、発表されたユーモアたっぷりの作品に、終始笑顔が絶えない和やかなムードで教室が行われていました。入会・お問い合わせは電話092・939・1836（林）まで

初心者向けにわかりやすく説明

教室はいつも和やかなムード

あの人と和解できずに風の中　林さだき

切り札を大事にしすぎ無駄にする　松永節子

不随の手悔しく零す匙の粥　楢原とよおき

かすや川柳教室を受講して

楢原　とよおき

川柳エッセイ集「道程―言葉を紡いで二十年」ご出版まことにおめでとうございます。林さだき先生主催のかすや川柳教室へ入門してようやく三年目の、私には二十年とは足元にも及ばない長い年月です。さて古希すぎること四年目で入門したボケまじりの出来の悪い生徒に、まず川柳の三要素、無駄な言葉を省く表現の省略、自然なリズム感の大切さ、音字数の数え方、破調と字余り、上中下のそれぞれの句の役割、などなどの基礎からご指導頂きました。とくに私が川柳に対する誤った考えで作句した、造語、語呂合わせは特に厳しくお叱りを頂戴いたしました。残念なことに、平成二十二年十二月をもちまして先生のご都合により教室閉鎖のこととなり幾ばくか不安を感じております。現在私はかすや川柳会の編集の手伝いをさせて頂いておりますけど、脱字、誤字、送り仮名等々万全の注意を払っていますが、草稿をご覧になり即お叱りを頂いております。流石と、こうべのさがる思いです。教室閉鎖後も、ことある事に「それぞれの句会に出席しなさい。」「たくさんの句を作りなさい。」と口酸っぱくお言葉を戴いており感謝の気持ちでいっぱいです。今後共かすや川柳会にてご指導ご鞭撻をお願い致しましてお祝の稿とさせて頂きます。

◇　◇　◇

句心のある自分でありたい

八尋　よし恵

林さだき川柳エッセイ集の出版にあたり、どんな句集だろうと、想像するだけでも胸がワクワクする。川柳初心者教室に入り、もう五年になるとか、自分自身が一番驚いています。さだき師より、川柳練習帳を始め、着想の仕方、作句のポイント、音字数の数え方等、川柳に関する資料をいただいています。いつも言われるのが、色々な川柳句を読み、好きな句をメモ帳に写し、それをお手本にして心打つ句を作る様にと、何度言われたことか、大変きびしい先生でもあります。

それを実行していれば、きっと得心出来る句が出来る日もあると思っています。いつも雑用に追われている私としては、腰をすえて取り組む気持ちになれないのです。一夜漬の句をいつも川柳句会に出しては、後で反省しています。いつも俳句の様な川柳を作り、言葉に力がないのです。それをいつもさだき師より指摘されます。一生懸命がんばってもこれきりの自分であろうと思います。只先に夢があります。病床に入り病室で、ペンと紙を用意し、自分の本当の心の中を詠みたい、その時はきっと人間臭い又感謝の心、サヨウナラの気持ちをのこしたい。それ故川柳教室でがんばっています。先生から言われる好きな川柳句を一句でも多くメモ出来る句心のある自分でありたいと考えています。

川柳を知り人生知遇のよろこび

◇　◇　◇

瀧本章志

平成十七年正月、初めての川柳との出合いでした。それは川柳講師の林さだき（貞樹）先生のお誘いで通い始めた川柳教室。それまでは川柳とはなんぞやも知らず、ただ五七五の言葉を並べて可笑しく博多仁和加ぐらいの感覚で表現すればよいのかと思っておりました。

ところがお話しを聞き教えを受けているうちに理解でき、川柳の歴史や俳句との違いに、また考え方や認識の甘さに気付いて赤面したものでした。最初は思いつくままに詠むと言うか書き並べるものでした例えばお父さん、お母さんを頭に入れて句を作ることから習い始めました。生徒三人が夫々の思いを出し合って、懐かしい時代や現在の心境を語らい乍ら打ちとけた触れ合う機会を得て人の温かさを感じ楽しく学ぶことができました。

毎月一回ないし二回の教室で課題を与えられた作句は課題に対する思いや感じはあるものの課題について辞書を引き辞書の内容が分らなければ又辞書を引き自分なりの理解のうえで作句の繰り返しでありました。

然し思い返せば過ぎし日の不勉強や生活のためとは言え仕事仕事に追われ急場凌ぎの連続で

あったことに気付かされ、退職後の日常生活がこのまま続けば惚けの始まりとの思いに時には図書館へも行って川柳の本や川柳にかかわる雑誌を読んだり別の本を借りてきて読み始めるようになりました。特に川柳の本では作者の鋭い感覚や初心者には理解できない句には選者の解説などで分かることがありました。実際には教室で林さだき先生から教えていただくことで、川柳を作句するには本質的に人間として物事に対して自分の心情や感情の喜怒哀楽を表現できる感性を常に持ちつづけなければいけないと思い知らされました。

こんな自己反省をしながら六年間初心者が川柳に造詣の深い方々との仲間入りまでさせていただいたのは先生のお陰です。私にとっては人生知遇のよろこびであります。

◇　◇　◇

先輩たちの句を学んで

松永節子

私が川柳をはじめまして五年有余になりますが、なかなか身が入らず上達は程遠い状態です。その私に熱心にお誘いを下さり「かすや川柳教室」に入会させていただきましたが、途中で急に日時が変更になり私は中断を余儀なくされてしまいました。短い期間ではありましたが川柳の基礎的な勉強の仕方、初心者向けの参考資料の紹介等々ご自分の辿られた経験、試行錯誤を重ねられた末のアドバイス等私達にとりましては一緒に他の先輩方の句を味わっていくなかで大変勉強になりました。

しかし句を作る場合こういう思いを詠んだつもりだと説明しても、その句をみた人がそう受けとることが出来ない場合は推敲の上訂正する必要があると思います。もちろん作者が納得出来る様に訂正すべきですが、その際あまりに当初の自作にこだわれば上達を阻害することになるのではないでしょうか。あくまでも作者の本意が伝わることが肝心なのですから。と言う意味で批評はもっと徹底的にやった方が勉強になると思いました。しかしこれは各自が持ち帰って自分で掘りさげるべきなのかもしれません。

さだきさん、永い間お体の不調もかえりみず私達の為に教えて下さってありがとうございました。これからはここで学んだことをベースにして進んで行きたいと思っています。

7 老人クラブ月例会（川柳を楽しもう）

1. 自己紹介とプログラムの説明
2. 転倒防止のかんたん体操―大腰筋を強くしよう
3. ゲームで楽しく遊ぼう
① 元気ですよ
② ひょうたんぶらぶら
③ 好きですか嫌いですか
4. なぞなぞ俳句―別紙
5. 川柳を楽しもう―
6. おわりに
またお会いしましょう
次には

家族や身近な人に短い手紙を書いてみませんか
楽しいゲームを覚えよう

◇川柳でよむ人生そして老い

問題(1)上五、中七、下五の句を線でむすんでみましょう。

1. 大正も　ロ. よっこらしょの　A. 寝るとする
2. きりのない　ニ. 聞かすつもりの　B. 似て頑固
3. 孫が来て　ホ. たいへんですと　D. どっこいしょ
4. 夕飯へ　イ. 心配ごとに　C. ひとり言
5. 半分は　ハ. だんだん明治に　E. 嬉しがり

問題(2)上五、中七、下五の句を線でむすんでみましょう。

1. 残高を　　ロ. なったら恋を　　A. 老いじたく
2. 見舞客　　ハ. 八起きしてから　　B. だけをする
3. 八十に　　ホ. たしかめている　　D. 歳をとり
4. 年輪と　　イ. なおった話　　C. してみよう
5. 七転び　　ハ. 言えないただの　　E. また転び

◇古川柳と現代川柳

女房と相談をして義理を欠き
国の母生まれた文を抱き歩き
本降りに成って出て行く雨宿り
かみなりを真似て腹がけやっとさせ

寝て居ても団扇の動く親心

◇文部科学大臣奨励賞を受けた現代川柳です

ふるさとに富士に負けない山がある
明日咲く花がゆっくり南向く
嫁がせてまだ門灯を消せぬ父
双六の上りで待っていた刺客
こころ拭く裏も表も無いように

8 介護川柳コンテスト

「ふくし生協フェスタ2010」のイベントとして「介護川柳コンテスト」を実施することになりました。

□応募資格と内容

「介護する」「介護される」など介護に関係のある方で、高齢者ふくし生協の組合員の方、ご利用の方自作の川柳「五・七・五」に限ります。一人三句以内とします。

□応募方法

下記内容を記入し、はがきまたはFAXで送付してください。

川柳作品に加え、郵便番号、住所、電話番号、名前(ふりがな)、年齢、性別、所属(支部・事業所名)

□発表

十一月二十一日(日)「ふくし生協フェスタ2010」会場で発表します。

最優秀賞一点（五千円ＱＵＯカード）　優秀賞三点（三千円のＱＵＯカード）　入選五点（一千円ＱＵＯカード）

□**共通送付先**

福岡県高齢者福祉生活協同組合　フェスタ実行委員会

〒八一二―〇〇二五　福岡市博多区店屋町三―二十三　サカタビル二Ｆ

□**共通応募締切**　10月30日（土）必着

□**委員長**　林　さだき

◆**追加のご連絡**

介護川柳選考委員　各位　二〇一〇年十一月十一日

ふくし生協フェスタ２０１０　事務局　永山　健

林委員長より、下記審査基準についてご提案がありましたので合わせてご連絡いたします。

「介護川柳コンテスト」の主な審査基準について

1．応募条件応募内容に合致しているか

1）締切日までに事業所に提出された分を含む

2）組合員または利用者以外も（家族とか愛好者）も認める

2．課題の「介護」に沿っているか

高齢者病人などを介抱し、日常生活を助けること

3．川柳の三要素を詠んでいるか

○一読明解　○前向きの内容

イ）穿ち（うがち）、ユーモア、軽み、

ロ）発想　表現　リズム　上五　中七　下五

字余り字足らず

4．その他

バランスをとる（地域、所属、内容など）

◇第一回　介護川柳コンテスト入選作品

二〇一〇年十一月二十一日(日)

最優秀賞	介護はね神様からの贈り物	前原須磨子	福岡市南区
優秀賞	イチニーのサンコロベーでパンツはく	西岡　陽	行橋市
優秀賞	つめたい手頬で温めて涌く笑顔	上谷　立子	福岡市南区
優秀賞	介護職修羅場のりこえ天職に	迫田　幸江	北九州市八幡東区
秀　作	「段差です」そっと背に手をさしのべる	本田きみ江	糟屋郡久山町
秀　作	もの言えぬ母と二人で見る紅葉	松尾　和代	遠賀郡水巻町
秀　作	配食のえがおみたさに声かける	藤吉　仁子	福岡市博多区
秀　作	幸せと夢を探そうデイの午後	宮原　弘子	糟屋郡粕屋町
秀　作	今日も又脳の体操日記書く	河野　菊枝	直方市

福岡県高齢者福祉生活協同組合
ふくし生協フェスタ二〇一〇　介護川柳選考委員会

◇「介護川柳コンテスト」入選結果の発表

ご来場の皆さんこんにちは。

司会から紹介がありましたように、選考委員長の林です。

選考結果は、受付で配られた「入選作品」(チラシ)とおりですが、応募者二十五名、応募作品五十九句でした。当初〆切十月三十日(土)となっていました。が、組合員の皆さまへの応募よびかけがおくれて、〆切日を十一月十一日まで延期せざるをえませんでした。初めてのコンテスト実施ということもあり、今後、実施する場合、あと一か月くらい早く周知して、〆切厳守で応募できるように努めること、教訓にしたいと存じます。「介護」に関心のある方々も広く周知して応募できるようにするのも面白いと思います。

次に、選考の経過と中身を二点申し上げます。

一つ目は、応募された皆さんが苦労してつくられた川柳五十九句を入選の九句に絞り込む作業は一句一句ていねいに評価し、公平を期するように心がけました。十一月十五日、十九日の二日間で延六時間程、作業をおこないました。

二つ目は、主な選考基準の点です。内容として、一読明快であり、明るく前向きなものであること。川柳の詩型に合致していること。そして、発想（見付け）、表現、リズムがよいことです。とくに、当然のことながら入選九句のランクづけには気を配りました。紙一重で上位入選をのがした句も…。

最後に五十句を没句（落選）にしたことをやむをえないこととして、お許しください。会場に川柳コーナーを設け「川柳しませんか」という格安のパンフレット（一冊百円）をおいておりますので、ご利用されて力をつけて下さい。ごいっしょに学習しましょう。

最後に励ましの一句――頑張ろう治せば佳句になる没句

第七章　出版おめでとう

西日本川柳まつりでのひととき
姉（藤木重栄）と
（2005年5月3日）

梅まつり川柳大会・太宰府天満宮
（2008年3月20日）

期待の人

川柳塔社相談役・唐津市　仁部四郎

林さだきさんが、福岡県粕屋町から福岡市を通り越して唐津へ来て、川柳塔唐津の句会に、私に、キャパシティのある人だなという印象を持たせる句を残した。

遠い記憶に武運長久という祈り
聞き役にまわりみかんの筋をとる
あと二行余白を残す日記帳
青春の下宿は消えて駐車場

私がかすや川柳会に参加して、林さだきさんが主宰する第１３４巻になる「川柳かすや」に私の句が残った。

平成二十年の秋から冬にかけてのことであった。

平成二十年十月に、かすや川柳会の初めての合同句集が出て十四名の方が三句ずつを載せている。

平成十九年十二月の「川柳塔」水煙抄（西出楓楽選）に五句というのが林さだきさんのデビューで、「川柳塔」の記念すべき一〇〇〇号（平成二十二年九月）では、新同人として紹介された。

平成二十二年十一月の第四十一回唐津市文化祭川柳会には選者として参加してもらった。

林さだきさんと会ったことはまだ十回に満たない。しかし川柳への情熱の濃い人だと感心させられている。川柳人としてのキャリアは長いものがあって、新展開を模索していて「川柳塔」との邂逅があったと私は推察している。

活躍が大いに期待できる人である。

林さだきさんの「川柳エッセイ集」の出版を喜ぶ

(社)福岡県自治体問題研究所理事長　石村善治

私も、林さだきさんの川柳には、福岡県自治体問題研究所発行「福岡の暮らしと自治」で毎号、お目にかかってきました。その第三三七号(二〇〇六・一・十五)に、所報での第一回の三句(「川柳雑詠」)が載っています。

「いつの間に派兵のできる国になる」
「日の丸に最敬礼が復古する」
「合併が済むまで地図を買いません」

発表当時、社会と世界を刺す「軽妙」なコトバに感心したものですが、現在、五年前の歴史年表の「鋭利」な注釈を見る思いがします。それから五年弱、最近号[第三九二号。二〇一〇・八・十五」「川柳雑詠」「五十三」にいたっています。毎号、ちらりと目をやり、楽しんできました。

今回の出版、いままでの作品を集大成されたものと聞いています。この機会にあらためて川柳作家、林さんの目を通して「世界と日本と福岡」、そして「人ともの」を、「笑いと怒りと涙」で十分に楽しみ学びたいと思っています。

川柳の歴史とくに戦争中の川柳作家、鶴彬の「手と足をもいだ丸太にしてかへし」の強烈な訴えの歴史をほんの少しでも知っている私にとっては、林さんの今回の出版が、多くの人に川柳の歴史的意義を考える示唆にもなることを期待しています。

二〇一〇年九月六日

心配り、凛とした人
『道程』の発刊を祝う

あかつき川柳会幹事長　岩　佐　ダン吉

林さだきさんは〝くらしから平和までタブーのない川柳を発信しよう〟と呼びかける「あかつき川柳会」の幹部会員です。

「川柳かすや」や聞き書きによる「家族への短い手紙」を拝読しました。夫や妻、父・母らへの宝石のような言葉がちりばめられてありました。人は心の許せる相手にだけ秘めた思いが話せるのでしょうね。

介助ボランティアとしてさだきさんがどんな思いで皆さんと暮しているのか、その日々が彷彿とされ、うん、うんと頷きながら私も熱い思いに包まれています。さて『道程』は…発刊を心待ちにしています。

さだきさんは反戦川柳人・鶴彬にも造詣の深い方です。戦争へと雪崩を打つ時代にペン一本で立ち向い二十九歳で獄死、不屈の川柳を体現した鶴彬。

あかつき川柳会の本拠地にある大阪城公園にはかつて大阪衛戍監獄があり二十二歳の鶴彬が収監されていました。国有地に反戦川柳人の顕彰碑を建立する、難儀をきわめたこの事業にさだきさんは全国の有志に先がけて賛同募金に参加し実行委員会を激励されました。

記念樹である百日紅に守られた巨大な「暁をいだいて闇にゐる蕾」の碑は多くの柳人や平和を願う人たちの〝希望〟となっています。

林さだきさんの凛とした歩みに心からの拍手を贈ります。

二〇一〇年十二月二十七日

弱者の目線で

福岡市職員労働組合退職者の会会長　岡田　洋

私の自宅玄関に、私の定年退職記念に、林貞樹さんから贈られた一枚の色紙が掲げられています。

「生きること楽しくなってきた老後」。

「仕事や諸活動ご苦労さま」、こんな世の中にしていくために頑張ろうと、林さんからのねぎらいの気持ちが伝わってきます。

林さんとの出会いは、約四十数年前、福岡市役所での労働組合運動や青年運動の場でした。

その頃は六十年安保闘争から七十年安保闘争の時期で、市役所の労働組合活動が市民本位のものに変化を遂げていく時期でもありました。

その渦中、私たちは、新婚時代も例外なく毎晩遅くまで議論をしたことを思い出します。

決して雄弁ではなかった林さんは議論を静かに聴くタイプの人でしたが、しかし意見を出すときはかなり原則的で、安易な妥協はしない人でもあり、大雑把な私は随分と学習させられました。

その後、林さんは福岡市職員労働組合の書記長などを歴任し、組合活動の重責を担って行きますが、働き盛りの四十八歳頃から体調不良を訴えるようになり、信じられませんでしたが、平成二年膠原病の宣告を受けます。

林さんは難病と闘いながらも組合活動とともに、「膠原病友の会」や精神的な病気を持った人の「いのちの電話」や、現在も、新聞でも紹介された認知症の方への「傾聴ボランティア」活動を熱心に続けています。

自らの体調も不自由なのに、よくこれだけの活動を続けている。とても真似が出来ないと、私は感心するばかりです。

市役所在職中の林さんの目線は常に組合員にあり、「市民や組合員の幸せを追求することが自らの幸せにつながる」が活動の基本姿勢でしたし、労働組合活動中の中で、決して自らの力や成果を自慢などしない方でした。

まさに「報われることを期待しない献身」の態度を貫いた人ではないかと思います。

付け加えますが、林さんは「原則論」だけを振りかざすガチガチの活動家だったわけでは有りません。

本人から「学生のとき、女子学生に挟まれての安保反対のデモも楽しみだった」とも聞きました。

林さんはこんな活動経歴と姿勢の持ち主ですので、社会正義と弱者の目線できっと読者の皆さんの心根に訴える作品になっていると思います。

頼れる人

福岡県高齢者ふくし生協
デイサービスぬくもり所長
清　水　京　子

川柳エッセイ集のご出版おめでとうございます。

川柳が分からない私にとって何を書けばよいか悩みましたが、林さんと私たちとのかかわりと人柄を紹介したいと思います。

林さんとの最初の出会いは、二〇〇六年に私たち「高齢者ふくし生協　ぬくもり事業所」の運営委員になっていただいた事からです。その当時「ぬくもり」は訪問介護事業（ヘルパー派遣）のみで、デイサービスを開所する為物件探しを始めた時で、夏の暑い中いっしょに物件を見て回ってくださいましたが、ご病気をお持ちで大変な思いをさせてしまったのではないかと思っています。開所当初は「戸惑いながら運営している」私たちを、生活相談員として支えてくださいました。また、利用者さんから子供の頃の話、現役時代の話、家族への思い等をゆっくり聞き取り、「家族への短い手紙」と言う小冊子をつくりご本人やご家族にお渡ししました。ご家族より「母の思いを始めて知りました。涙が出て止まりませんでした。」とお返事をいただき、私たちも何度読み返しても涙が出るほど思いが込もった手紙でした。そのことが地元のＫＢＣラジオでも紹介され反響を呼びました。

二〇〇八年からはふくし生協の理事も受けていただき、そんな多忙な中でも川柳を詠み続けていらしたことにびっくりです。

何をするにも真剣で生真面目な林さんで、お叱りを受ける事もしばしばですが、わたしたちの事情を理解し適切なアドバイスを頂ける頼れる人です。

これからも無理をされず、長く私たちのお助けマンであって欲しいと願っています。

川柳の普及に努力

かすや川柳会　河野成子

この度「川柳エッセイ集」の発行、心からお祝い申し上げます。

平成十八年十月よりかすや川柳会を引き継がれて四年目になります。

「川柳かすや」の小冊子も一六〇巻を越えました。平成二十年より合同句集「コスモス」を林さんの発案で年一回発行し、また会員の句を展示しての作品展や駅前に展示して多くの住民の方に川柳の魅力を伝える等の活動をされています。その他にも各句会の選者、公民館活動として「かすや川柳勉強会」老人会へ対して「川柳の楽しみ方」、「時事川柳で振り返るこの一年」、また福岡市内からの依頼で「健康川柳の作り方と楽しみ方」等々その活動は幅広いものです。

川柳かすやの巻頭言には「川柳の作り方から雑詠の発想、推敲について」まで毎回楽しみ乍ら勉強している。会員は十五名程で、風通しの良い開かれた雰囲気の中で自由に発言し句を批評し合い、束縛される事なく和気藹藹の会です。それは林さんのお人柄による所が大きく温和の中にも筋が一本通った求心力と器の大きさにあるものと思われます。それゆえ町内だけでなく隣の市町からも参加されている会員もいます。

林さんは病気と戦い乍らの活動ですが身軽で行動的でどこにそんなエネルギーが潜んでいるのかと不思議に思います。ボランティア活動として「ひとり暮らしの安否確認、デイサービスの介助、聞き書き活動」等長い間続けてこられたその精神力、また常に挑戦をされる向上心には、ただただ敬服するばかりです。

これからも林さんの活動は益々続けられるだろうし、私達会員も期待に応えられるように頑張りたいと思います。

〝筋〟と〝優しさ〟の双児の兄

林　貞精

兄貴、『道程』の出版おめでとうございます。私たち兄弟は、一卵性の双児です。幼少期から一番身近かで張り合い、切磋琢磨して仲の良い兄弟でした。でも、青年期から別々の生活をして違った人生を歩んで来ました。老年期を迎えた今、互いを理解しようと努めています。

私自身文章を書くのが不得手で、四苦八苦していますが、兄は十五年前に自分史「福岡の公民館と歩いて三十年」を自費出版し、今回二冊目の自分史として、川柳エッセイ集を出版しました。その文章力と行動力に感心しています。そのエネルギーは、どこで培ったのか、くわしくはわかりません。兄は、何事にも〝筋〟を通したい、そして行動したら、きちんと〝反省〟を怠らない性格のように思います。子どもの頃から理論的に物事を考える力を身につけてきたのではないでしょうか。ふたりの性格や生き方をふり返ると、共通点と相違点があることが、老年期に入ってフランクに話し合えるようになり、ようやく見えてきました。

双児だから当然ですが、顔はよく似ています。ただ、兄は四十八歳で膠原病を発症し、私ほど健康的ではありません。性格的には、思春期まで二人とも内気でおとなしい性格でした。「環境が人を変える」と言いますが、私は福岡を離れて製薬会社の営業マンとして生きてきましたが、兄は二十二歳からずっと地方公務員として割と自由に生きてきました。この環境の違いが、二人の大きな相違点のようです。それでも、二人とも物事にのめり込む性格で、最近は家族から「頑固」と言われるのも共通しています。身だしなみ、人づき合い、金銭感覚などの良し悪しも違ってきたようです。兄は、ばあちゃん子だったせいでしょう。お年寄りや障害者の方をはじめ、他人を思いやる優しさを持っています。私は、川柳について全くの素人ですが、この「川柳エッセイ集道程」からは、兄の〝筋〟を通そうとする生き方と、お年寄りや弱者への〝優しさ〟を強く感じとっていただけるのでは、と思います。

難病患者になって二十年。加齢と不摂生もあって、最近とみに弱ってきたように見えます。頼まれ事もほどほどにして、自己管理をきちんとして、もう少し元気をとり戻して欲しいと願っています。

兄の川柳や川柳をとおしての福祉ボランティア活動への情熱を持続するように切に祈ります。「川柳エッセイ集道程―ことばを紡いで二十年」を川柳愛好者をはじめ多くの方々に手にとっていただければ、望外のよろこびです。

兄の川柳への熱意とがんばりに乾杯！

あとがき

今から十七年前の一九九四（平成六）年、福岡市役所退職を前に自分史「福岡の公民館と歩いて三十年」を自費出版しました。これでひとまず、私のささやかな人生にしめくくりをつけたつもりでした。

ところが、その後膠原病（平成二年十一月発症）と同時に始めた川柳が、難病患者としての私の一つの支えとなり、二十年経ってもどうにか自立した生活を送れていること。そして、古稀を迎えることができたこと。これらを記念して、今回、第二の自分史として、『川柳エッセイ集　道程—ことばを紡いで二十年』の出版を思い立ちました。

私の川柳歴を振り返ると、四十八歳から川柳入門書を読み、ＮＨＫ学園通信講座の川柳コースを受講してきましたが、まだ在職中でもあり、片手間のもので、旧知の仲だった故森志げる（本名森一作）さんに誘われた「くすの会」（平成六年七月入会、平成十七年十二月退会）の句会への出席も身を入れたものではありませんでした。

少し本気になって川柳と向き合うようになったのは、五年間の福岡市立少年科学文化会館での嘱託を退職してからでした。

幸いにも若い頃からの職場での市民相手の広報・学習活動の仕事と組合活動の盛んだった時期に携わってきたことで、川柳に欠かせないことばの訴求性や批判精神を知らず知らずのうちに、体得したように思っています。

それに、人間若いうちには何でも経験せよ、と申しますが、学生時代にアルバイトで四条大橋西詰の大きな中華料理店のボーイを二年間務めました。ここでのお客さんへの「人間観察」が社会に出てから、そして川柳の作句にも役立っています。

さて、どんな内容を自費出版するかを考えてみました。さして上手でない私の川柳を句集にするのは、力不足だし余り意味がないと思いました。とすると、今から川柳を始めようとする人たちやラジオや新聞で川柳を楽しんでいる人たちに、鉛筆を持って作ってみようという気にさせるものをと大それたことを思い立ってみたのです。

それから、書棚から十年間受講して来た通信講座の添削実習で手元に帰ってものをとり出してみた。原句を数えてみると、何と百二十句以上ありました。これらの句を区分けしてみれば、りっぱな入門書になります。ＨＮＫ学園の一流の専任講師による「句評と添削」そして「添削句」

を改めて読んでみると、目を開かされ、川柳上達の要諦を教えられたように感じました。

私自身が病気になってよかった(?・)ことは、障害やお年寄を見る目が変わったことです。単なる同情とかでなく、「共に生きる」視点で「寄り添える」姿勢になりました。

十一年間続けた「いのちの電話」の相談員をはじめデイサービスでの介助、話し相手、聞き書き活動は、余り義務感もなく楽しくやれました。川柳が媒介になって、これらの福祉ボランティア活動が多彩に展開できました。

川柳の大衆性や即興性が役立って、川柳の普及に力を発揮できたのでは、と思っています。私の地元福岡県糟屋郡粕屋町は、老人会（クラブ）の活動が活発です。その数ヵ所の老人会の月例会に招かれ、「川柳を楽しもう」「今年をふり返っての時事川柳」と題して、川柳のお話しをしてまいりました。その際には川柳塔社発行の小冊子「川柳しませんか」三宅保州著を持っていき、広めました。おかげ様でこの小冊子(百円)も四百冊近く販布することができました。

平成二十三年三月十一日午後二時四十六分に「東日本大震災」が発生しました。この時には、既に初校を校正中でした。今のいまを詠む川柳に、この大震災を抜きには出版できないと考えて、急遽章を立てて「東日本大震災の犠牲者を悼んで」と二十句余を掲載することにしました。

川柳作品全般にわたっての選句を川柳塔社相談役で唐津市在住の仁部四郎さんにご苦労をか

け、貴重なご助言を度々頂いたことをお礼申し上げます。また、一年足らずの新同人である私に、ご多忙ななか「序文」を書いてくれた西出楓楽理事長に感謝申し上げます。

地元粕屋町の文化人の俳画教室講師である木村辰也さんに題字「道程」を書いて花を添えていただきました。かすや川柳会の河野成子さん（番傘同人）はじめかすや川柳教室の受講生の皆さんに一文を寄せて貰い、この本が多くの方々のご援助で出来上がったことを嬉しく思います。

さらに、校正をサポートしていただいた福岡県自治体問題研究所の事務局長宮下和裕さん、テープライターの原井佐知子さん、そして第二章「ＮＨＫ通信教育講座を受講して」の掲載に快諾していただいた編集主幹大木俊秀先生のご好意に厚くお礼申し上げます。

川柳を極める道は、遠く奥深い。その道を歩く覚悟を以って、表題を「道程」とつけました。

本書発刊に際して多大なご尽力をいただきました新葉館出版の松岡恭子さんに深く感謝申し上げます。

平成二十三年五月

林　さだき

【著者略歴】

林　さだき　（本名　林　貞樹）

○**1942.2月**　福岡市東区箱崎に双児、姉妹の４人兄弟の長男として生まれる。
　学生の下宿屋を営む父母、祖父母の８人家族の中で育つ。

○**1960.4月**　京都の同志社大学文学部（社会福祉専攻）に入学（その後、法学部に転部して卒業）し、養護施設児童とのボランティア活動や中華料理店（ボーイ）でアルバイトを経験。

○**1964.4月**　福岡市教育委員会に就職。以後30数年公民館主事、社会教育課、市民センター社会教育主事として働き、福岡市公民館職員協議会（会長）、福岡市職員労働組合本部執行役員、支部役員を歴任。

○**1990.11月**　膠原病（多発性筋炎）を発症し、３ヶ月入院し、闘病から「福岡いのちの電話」（相談員）デイサービスぬくもり介助ボランティア、粕屋町「ひとり暮らし」の電話による安否確認ボランティアなど社会福祉ボランティア活動に従事する。

○発病と同時に川柳を始め、1994年７月より「くすの会」に入会（2005年12月退会）、ＮＨＫ学園通信教育講座（川柳コース）を延10年受講する。
2007年７月川柳塔誌友となり、あかつき川柳会に入会する。2008年12月にかすや川柳会会長。2010年７月川柳塔社同人となる。
2008年５月より福岡県高齢者ふくし生協理事、2010年５月より全国膠原病友の会福岡県支部副支部長。

住　所
〒811-2304　福岡県糟屋郡粕屋町仲原845-4
TEL＆FAX　092（939）1836

川柳エッセイ集
道　程
ことばを紡いで二十年
○
平成23年5月28日　初版発行
著　者
林　さ　だ　き
発行人
松　岡　恭　子
発行所
新　葉　館　出　版
大阪市東成区玉津1丁目9-16 4F 〒537-0023
TEL06-4259-3777 FAX06-4259-3888
http://shinyokan.ne.jp/
印刷所
BAKU WORKS
○
定価はカバーに表示してあります。

ISBN978-4-86044-440-2